献给所有爱过、迷茫过、在异乡奋斗过的年轻人

我们都是动了真情的漂泊者

因为有梦 所以远方

激励都市奋斗小青年的暖心书

让独自为梦想打拼的你，找回温暖及奋斗的力量

尹文思 作品

CNS PUBLISHING & MEDIA 中南出版传媒
湖南文艺出版社
HUNAN LITERATURE AND ART PUBLISHING HOUSE
博集天卷 CS-BOOKY

图书在版编目（CIP）数据

因为有梦　所以远方 / 尹文思著 .-- 长沙 : 湖南文艺出版社，2014.1

ISBN 978-7-5404-6535-3

Ⅰ . ①因… Ⅱ . ①尹… Ⅲ . ①人生哲学—青年读物
Ⅳ . ① B821-49

中国版本图书馆 CIP 数据核字（2013）第 300930 号

上架建议：励志 / 青春成长

因为有梦　所以远方

作　　者： 尹文思
出 版 人： 刘清华
责任编辑： 薛　健　刘诗哲
监　　制： 于向勇
策划编辑： 马占国　郭　群
营销编辑： 吴建荣
封面设计： 颜森设计
内文排版： 百朗文化
出版发行： 湖南文艺出版社
（长沙市雨花区东二环一段 508 号　邮编：410014）
网　　址： www.hnwy.net
印　　刷： 北京嘉业印刷厂
经　　销： 新华书店
开　　本： 787mm × 1092mm　1/32
字　　数： 140 千字
印　　张： 7
版　　次： 2014 年 1 月第 1 版
印　　次： 2014 年 1 月第 1 次印刷
书　　号： ISBN 978-7-5404-6535-3
定　　价： 29.80 元
（若有质量问题，请致电质量监督电话：010-84409925）

目录

Chapter 2
初到异国，那些新奇、美好与坎坷

那出巢的鸟儿，眼里是否都隐含着泪呢？
你扑打着丰满的令人艳羡的羽翼，要飞向属于自己的那片天空时，
那一幕虽然成了旁人眼中的美景，却不知你心底对这巢的眷恋和不舍。
但你又是那么坚忍，咽下泪水、迎着长风，
不管前方山河湖海，荆棘坎坷，只管展翅飞翔！

Chapter 3
身在异乡为异客

人似乎必须要亲身为自己的选择失去一些珍贵的、永不能重来的东西，
才能够在回首的时候真正成长。
这就是成长的必然代价，
于是，鲜有青春不留遗憾、初恋不留忧伤。

Chapter 4
在这里，你不会害怕岁月漫长

最美的时候，她爱他，
而现在萧瑟的时候，他又爱她。
但这不是回报，而是爱，从心底迸发的爱。
曾有过誓言的，不是吗？
爱你春光明媚的人无论多少，
但爱你雨打残萍的，一人足矣。

Chapter 5
无论多难，我都绝对不会放弃

也许我会身心俱疲，又或我会痛尝失败，
但我知道，无论多难，
我都会像这里任何一个奔腾不息的生命一样，
绝对不会放弃了。

Chapter 6
我居然真的做到了

因为我们毕业，所以再疯狂的举动也有人理解，
因为毕业，今天我们可以不矜持，不成熟，不克制，这是我们最后一个放纵的理由。
爱在心底，不会不辞而别。
异乡温柔的夜幕下，伴随着一群年轻人的失声痛哭，一个时代终结了。

后记
青春是我们共同的名字

序

一本好书，如清泉之水

前不久，经推荐看到一位80后留美女孩尹文思的书稿《因为有梦 所以远方》，岂料一读便深深沉浸其中，几乎一口气读完，感叹果然文如其名，“文思”如泉涌。

掩卷认真思考之后，觉得这确实是本值得一读的好书，不仅文字成熟优美，而且内容丰富新鲜，提供了一个了解自己和了解世界的新视角，有很强的可读性和思想性，而书中展现出来的深情、乐观、勇敢、坚强，以及对于生活的独特感悟更是令人刮目相看。

作者和许多80后的孩子一样，是独生子女，从小在家庭中备受呵护、娇生惯养。

然而，就是这样一个女孩，完全抛开中介，独立完成繁多复杂的申请工作并最终得到美国研究生院的全额奖学金，之后她孤身一人、远赴重洋，在离家万里之遥的美利坚大陆开始真正意义上的奋斗——在经历了乱流、高烧、飓风、逃难，克服了孤独、想家、情感创痛、亲人离世、生活习惯和语言障碍等诸多困难后，陌生、包容的美国文化接纳了她，改变了她，而她也在美国的著名学府中改变了美国人对中国女孩的看法。

她不仅出色地完成了学业，并且在她的毕业论文答辩会上成功征服了一向以严苛著称、几乎不近人情的答辩委员组全体成员，连她的导师都惊叹万分，称她是他执教多年见过的唯一一个答辩能有这么多美国学生来旁听的外国人。

作者还遵循自己“读万卷书，行万里路”的生活理念，几乎走遍全美，并身体力行“且行且珍惜”的人生信条，将自己在美国的个人经历以及丰富游历，比如美国式的青春放纵，自由女神像下的狂欢与寂寥，东西方文化的碰撞与思考、交融与感悟，还有一路同行过的人们以及他们背后所有跌宕动人的故事，写成此书，其中涵盖历史、文化、民俗、情感，深情地献给“所有爱过、迷茫过、在异乡奋斗过的年轻人”，只因他们都是为了心中的那些年轻的梦想。

作者所写均为真实个人经历，呈现的也是真实的美国，而真实，就是本书的生命力所在。

作者是80后生人。在当今社会各界都在讨论80后“为何暮气沉沉”的时候，作者为80后集体发声，让大家看到属于80后的朝气和勇气，以及这一代人拼搏奋斗的人生。

本书也为千千万万的游子写出了他们在异乡风尘仆仆而甘苦自知的燃情岁月，写出了一个庞大留学群体的青春与梦想、迷失与成长。更难能可贵的是，全书从始至终弘扬了一种正能量，而这种积极向上、勇敢奋斗的精神，任何人都需要，任何社会都渴求！

此书完稿之际，作者请我作序，我欣然允诺，因为我相信，所有正跋涉在人生之路上的年轻朋友，无论是否在异乡、异国漂泊，都将在此书中获得丰富的收获，或是感动和启迪，或是力量和勇气。而那些充满激情、跌宕起伏的文字以及渗透其中的人性之美、大自然之壮美，都犹如清泉之水，会将我们的心灵浇灌成一片怡人的绿洲。

袁腾飞

2013 年于北京

Chapter 1

孤身一人，远赴重洋

我幻想着为梦想披荆斩棘、拼尽全力后终于把她实现的那一刻；

幻想着在大洋彼岸举目无亲但仍奋斗不息的每一天；

我幻想着那将是一段甘苦自知的燃情岁月，虽然个中艰辛一言难尽，

但比起将年轻美丽的生命耗费在一成不变的环境中，我宁愿经风雨见世面，

而随我同去的，是我的智慧、青春和奉献！

我即将一去万里，而你的爱无法随行

时至今日，我对那个夏天最深刻的记忆，就是各种各样的离别。

先是大学毕业的庆祝聚餐。这么多年的时光早已如同流水一般匆匆掠过，那天下午的一切还都历历在目——黄健翔式的嘶吼、所有人的认真和疯狂，那一排排或倒或立的空啤酒瓶，还有那些犹如在耳的誓言和相拥而泣……那一天，所有人都放下矜持、无比真实；那一天，我们被梦想和离别刺激得神魂颠倒、步履蹒跚；那一天，我们以同一种纪念的方式，正式告别了一个时代。

然而，除此之外，和所有人都还不一样的是——我还要告别自呱呱坠地起就从未离开过的北京，孤身一人，远赴重洋。

随着远行日期逐渐临近，我备好行装，一切就绪，但心情却和最初想象的大不相同。我开始夜以继日地和朋友家人待在一起，因为只要独处，心底就有挥之不去的空茫感觉。我从不敢仔细研究这种感觉，也刻意不去关注日期。

但那一天还是如约到来了。

上飞机前的最后一晚，爸爸去楼下检查车子，而我则最后一遍检查着行囊。无意中转过头来的时候，却发现妈妈正在默默地注视着我。那是怎样一种眼神啊！我至今也忘不了。落寞、依恋、忧愁、迷惘……没有泪光，却比痛哭更刺痛我的心。

那眼神像是在对我说：孩子，和你一样我也不懂未来还有什么，但我好想替你阻挡一切风雨和迷惘。

我明白你深深的无助——我即将一去万里，而你的爱无法随行。妈妈，知你心者一如我，怎么可能不清楚，你是怎样在用整整一个晚上的沉默来对抗无数次汹涌到眼底的泪水，你生怕一开口就会将心底的软弱泄露无遗，辜负我一直以来也苦苦伪装的坚强。

那天夜里我彻夜未眠。

这是我之前绝对没有想到的。二十二年来，头一次有了“明日天涯”的感觉。睡在自己熟悉的小床上，闻着夏夜雨后特有的泥土气息，黑暗中还能依稀辨得出书柜上贴着的小时候的照片，还有自从我上中学就攒下的、这么多年也舍不得扔的那一摞摞旧书……想到明天天亮以后，这一切都要离我远去，心底一片迷茫。

我不由得问自己：这不是我用了将近五百个日日夜夜才拼来的结果吗？为什么当一直追寻的目标出现在眼前时，我却没有预想中的狂喜，也没有预想中的坚定，反而像被掏空了一样地患得患失起来？难道我在怀疑什么吗？付出这么大的代价到美国留学值得吗？是正确的决定吗？这可是我在奋斗过程中最艰难的时刻也从没有怀疑过的问题啊！

理想那么美，实现她的道路却如此艰辛而具体

我是在大多数同学还对毕业以后做什么懵懵懂懂的时候，就开始报名上新东方的出国考试课程，从此过着不知周末为何物的日子。

一年之后，我带着二十年根深蒂固的中文底子和这一年多来竭尽全力恶补的英文底子，迎来了北美研究生入学考试，包括八百分的语文、八百分的数学、多文体写作，还有语言类考试托福。

我用了三百多个日日夜夜完成了飞越重洋的第一步——考完了所有考试，并且成绩骄人。但没有人知道我在这一年内放弃了多少本应该属于青春的享受和轻松。

接下来是最艰难的申请工作。那时候的我计划完全甩开中介，单凭自己的力量去完成和美国学校的所有交流工作。

当时我身边还没有出国留学却不用中介的同学，所有人都觉得我不可思议，好朋友在课间的时候还曾问我：“你是不是舍不得那几

万块钱的中介服务费啊，你也不想想，人家多有经验啊，帮助那么多人申请成功！你对美国学校的了解能有他们多吗？”她不知道，恰恰相反，正是因为他们同时面对那么多人，我才不相信他们可以像我只面对自己那样做到全力以赴、尽心尽力。

我投了近十所学校以扩大被录取概率。到申请后期的时候，我终于知道，为什么中介服务可以发展壮大为一个公司——它要做的工作简直太多了！

那时的我，单凭着留学网站上的一份申请指南，参考着它来向美国各大高校疯狂推荐自己。那是一份在当时被想出国的学生奉为宝典的电子文件，打开之后屏幕右侧的滚动条迅速缩成窄窄的一小横道，可见其目录的数量惊人，如“申请总论”“申请前期准备”“申请文书写作综述”“成绩单的办理”“外币和申请费、汇票”“申请表格填写申述”“邮寄材料和联络 ETS”“联络学校”“录取流程”“答复学校”“住房申请”“国内出国手续”“签证问题和面谈前准备”等无数专业性极强的标题，每个标题下面还延伸出无数个小标题，光扫一遍就足够令人眼花缭乱，而当你真正独自一条条身体力行的时候更是深感复杂烦琐之极，好似永远也看不到尽头一样。

在紧绷的神经几乎坚持不下来的时候，我总爱跳过中间那些令人绝望的过程，直接拖到文件的最后一页，反复读着那上面让我热血沸腾的话——

“启程了……学弟学妹们，恭喜你们，现在的你们已经不可思议地完成了申请的所有步骤，走完了通向梦想大门的漫漫长路。现在的你们一定已经整装待发，张开双翅，只等风的到来！美利坚大陆在迎接你们，你们将在那里开始新的旅程！……”天知道，每逢读到这里，我有多么激动。

我幻想着为梦想披荆斩棘、拼尽全力后终于把她实现的那一刻；幻想着在大洋彼岸举目无亲但仍奋斗不息的每一天；我幻想着那将是一段甘苦自知的燃情岁月，虽然个中艰辛一言难尽，但比起将年轻美丽的生命耗费在一成不变的环境中，我宁愿经风雨见世面，而随我同去的，是我的智慧、青春和奉献！……我就这样充满激情地幻想着，有时竟会被自己感动得热泪盈眶。

然而，理想是那么美，实现她的道路却是如此艰辛而具体——加起来数百页的英文网页，我要一个字一个字地看明白（经常是看到后面就忘了前面说什么），然后按照每一个学校和专业的不同要求提供大量完全不同的英文材料，包括报考理由、个人履历、大学成绩、将来的毕业打算、具体的职业方向、研究方向，从前写的论文等。如果你还要申请奖学金的话，那么还会有各类繁杂的表格，并额外追写一大堆材料。最要命的是，所有的这一切都有严格的时间限制，我必须要在圣诞节前寄往美国各大高校并保证他们收到。

永远记得那一年圣诞节前的最后一个星期，有一天夜里我几近崩溃。当时为了把所有材料都赶完，我已经在电脑前坐了整整十个小时，以至于到后来一闭眼就有一波一波的黑影子涌上来，人好似要呕吐一般的头昏脑涨。然而就是在这个时候，我发现一直写了好多天、眼看就要完成了的一个材料其实理解错了要求，等于完全白写。

当时我脑子里一片糨糊，静静地坐着，心里却像油煎一样，能感到太阳穴突突直跳。已经深夜两点了，因为是周末，一个朋友突然打来电话问我愿不愿意出来找他们喝点儿东西聊聊天，我当时对着电话什么也没说就尖叫着哭了出来，把我那个朋友吓得魂飞魄散，就连已经睡着了的爸爸妈妈也被吓醒，跑进我的房间……当时他们是那么心疼而错愕地望着满面泪痕的我，还有那摊了一床一地的英文表格和打印稿。

与此同时，我还在全力应付着大学里的各门学科。由于申请美国的学校也要看大学成绩，所以我必须保持每门功课都在九十分以上，还要通过让全系同学都为之日夜拼搏的专业八级。

那段日子里，我都变得不认识我自己了。但也就是在那时候，我深刻明白了一个道理：一件事，倘若你明知道不一定有结果，或是明知道要付出惨重代价也想去做，那么就去做吧。因为那就是“理想”了。

终于把十所研究生院的资料赶在圣诞节之前寄出去了，我的世界一下子空了下来，时常不知道要做些什么，一份牵挂重重地压在心上。那种心情就好像是一封沉甸甸的、鼓足勇气剖白自己真实内心的情书终于交出去后，急切不安地盼着回音一样。

终于，在等待了足足一个月后，这一封邮件到了，不但录取我，还给我“传说中”的全额奖学金——近六十万的学费全部免去，并聘我为助教，月薪为一千美金。我记得我当时几乎把脸贴在电脑上，一个字一个字地研读着，生怕哪里看错了。我平生第一次完完全全地沉住气，没有跟任何一个人透露，包括爸爸妈妈，直到教授再次和我确认并要签奖学金合同的时候，我才在几近眩晕的狂喜中第一个告诉了爸爸。他当时一下子愣住了，居然没有立刻说话，但眼睛里真切流淌出的惊喜和感动让我突然有一种想蒙住脸痛哭的冲动，那一刻我觉得所有的付出都是值得的！

就这样，我终于拿到了录取通知书和奖学金证明。但在签证之前的那一夜，我还是辗转反侧、难以入眠。

第二天进到使馆里面，我独自一人办理着各种各样严格的手续，同时默默听着我前后的人谈论这是他们第几次被拒签这种可怕的话题，直到签证官叫到我的名字。

我望着她防弹玻璃后那双美丽的棕色眼睛，回答着她迅速提出的各种问题，全力以赴跟随她的思维，突然在某一刻，我看到她在给我撕着那个所有中国留学生都清楚意味着什么的小黄条，我心里明白：那就是我的美国了。但当她真正把它递到我手里的时候，我还是激动得手指冰凉发颤，这是将近五百个日日夜夜的奋战啊！她也一改先前严肃的表情，一脸洞悉的微笑，望着我第一次在流利的谈话中语无伦次地表达着感谢。

我的梦想插上了第一双翅膀

只有我知道，我是经历了怎样一番艰苦卓绝的奋斗历程，才一步步申请到了美国研究生院的全额奖学金——那些书本、咖啡，还有那一个个无眠的深夜，我深深地清楚，奋斗是孤独的。但我一直无比坚定、从不动摇，但为什么如今，在这个梦想已经鼓起风帆，就要起航的深夜里，我却如此茫然、如此困惑？

窗外忽然吹进一阵凉风，在这仲夏的深夜里送来更浓郁的泥土清香，这一向是我最喜欢的味道。但为什么此时此刻它尽是惆怅，好似乡愁一般把我团团包裹。大洋彼岸等待我的会是什么？我终于发现，生活了整整二十二年的北京将要离我越来越远，我除了不舍，还有惊惶。美国对于孤身一人的我来说是完全未知的前方。

房间里渐渐开始透进模糊的光线，一切都开始显出轮廓。窗外也传来了小鸟清晨的第一声啼鸣，那声音好似浸润了露水一般婉转娇嫩。然而它并没有给我带来新的一天的希望，反而让我心底的恐惧和不安达到了顶点。我把头埋在更深的被子里，紧闭着酸痛干涩的眼睛，趴在那里一动都不敢动，好似一动别人就知道我醒了，就会叫我起来，走出这怀恋的黑夜，面对陌生冰冷的现实一样。

终于，我听见妈妈轻轻地推开门，又轻轻地站在我床前，她的动作是那么轻柔，我知道她是不想惊动我，想让我尽量在家里多睡哪怕一分钟，可是她不知道我一夜未眠……等她轻轻叫出我的小名时，我把头蒙在被子里骤然哭了，我可不可以不走了?!

2008年8月底的首都国际机场，登机之前，我的勇气几乎消失殆尽。面前的每一张脸都是亲爱的脸，每一双眼睛都泪光闪烁。爸爸为了让我能坚强一点儿，竭力克制着自己的情绪，我拥抱着妈妈，感受着她的泪雨滂沱——最舍不得我的人要放我高飞，她付出的勇气无疑是最多的，即使她看似最软弱。

可无论多么不愿意看到我离开，从始至终都衷心希望我实现梦想的人一直是她。就像一个人手中的鸽子飞走了，她从心底祝福那鸽子的飞翔。

妈妈，只有我能体会你泪水的真正含义，谢谢你独特的坚强!

时间过得飞快，转眼我就必须要进海关了。分别的时刻真的到来了。那一刻我永远也忘不了。紧咬着牙，我积蓄着已经所剩无几的勇气，猛地一跺脚，几乎要跳起来那样转过身子，一手拽一个大包，迈开大步就走。由于走得太急太快，两个大包不停地碰我的膝盖，我不禁有点儿跌跌撞撞。我听见后面的呜咽声一下子大了起来，但我不敢回头。虽然是平生第一次离家，但在那一刻，我却自觉深深明白了“故乡”两个字，那是一个让我们到达时尚能有奢侈的泪、离去时却不敢回首的地方啊！我知道很多人都在看我，但他们在我眼里一片模糊。突然想起吴奇隆的那首歌：“当你踏上月台，从此一个人走……”

飞机终于离开跑道，在震耳欲聋的轰鸣声中冲向蓝天。我知道此时此刻爱我的人一定在地面仰望着，泪眼迷蒙中，他们亲眼看见我的梦想插上了第一双翅膀。

三万英尺的高空，是另一个世界

三万英尺的高空，是另一个世界。云被风一丝一丝地扯开，又飞快聚拢。飞机一时千里地飞行着，每一秒钟都将我更远地带离熟悉的地方。

十几个小时后，绝大多数乘客都不再交谈，大灯也全部暗掉，只有个别人开着头顶的一盏小灯在看书或者用笔记本电脑。机舱里只听得到巨大的轰鸣声和冷气嗡嗡作响的噪音。我疲惫不堪，靠着坚硬的椅背努力入睡。

就在我几乎要睡着的时候，机身突然一阵摇晃，程度之剧烈让邻座小桌板上的橙汁一下子就泼到了我的光腿上。我拿起纸巾正要弯腰去擦的时候，机身一阵更加猛烈的晃动，同时急速地下降，虽然只有几秒钟，但我觉得我的心脏在那几秒钟里像是停跳了一样，连叫声都堵在嗓子里。

我完全清醒了。机舱里的每一个人都醒了。接着，飞机一阵急似一阵地下降，那种感觉就像是有一只手把你的心猛地提到了嗓子眼儿，我情不自禁地张开口，却发现连呼吸都那么困难。在一阵最猛烈、时间持续最长的下降时，一个女乘客终于忍不住尖叫了出来，她的声音尖利短促、充满恐惧。那发自内心的恐惧叫声把每一个人心底的惊慌都明白无误地表达了出来。这时从播音器里传出了机长的声音，说我们遇到了乱流，让所有的人系好安全带。他的声音听起来非常凝重，让人觉得事态严重异常。没有一个人拖延，四周顿时响起一片扣安全带的咔嚓声。

此时此刻我们所在的时区正是夜色最浓之时，想着窗外就是零下四五十摄氏度的高空和黑浪翻涌的太平洋，我的大脑一片空白，唯一的感受就是无论如何也不敢相信自己刚刚奋斗到美国，还没有踏上美国领土就孤身一人遭遇了这种事情，万一……我不敢想下去，只觉全身虚软无力，而心脏激烈地跳动着。

过了好像一个世纪那么长，机身慢慢地稳定了，虽然还时不时有持续几秒钟的晃动，但已不再急速地下降了。想来我们已经冲出了乱流中心。我这才发现，几分钟前昏昏欲睡时温暖的手此时此刻已是冰凉，手心里浸满冷汗。我头晕目眩，心慌得像要呕吐一般。

飞机飞行恢复了正常，我却越来越冷，到最后几乎控制不住地发起抖来。真不知道飞机在高空长途飞行的时候温度会这么低！我还穿着来机场路上时的短裤和吊带背心。盖着飞机上发的薄得像手巾一样的毯子，我浑身一阵阵发冷，再也无法入睡，每一分钟都是痛苦的煎熬。

浑浑噩噩转机的时候，我已经在美国的土地上了。

深夜的机场大厅，有一种别样的空旷。白天的喧嚣已经远去了，偶尔有行色匆匆的旅客推着行李车或拉杆箱走过，都是一脸倦容。登机口前偌大的候机室只有零零散散的几个人，我找了一个位子，把光腿蜷起来，抱住身体，但手脚冰凉得已经开始痉挛起来了。

多年以后，我对深夜的机场最深刻的感受就是“孤独”，这时的每一个人都没有了白日里恪守时间的精准干练，在这样一个天涯海角的陌生角落里褪去了伪装，把最真实的一面呈现出来——孤独而疲惫。我一直以为机场是世界上最忙碌热闹的地方，而我看到了最热闹的地方孤寂是什么样子，一种繁华落尽之后的空寂和落寞；我也一直以为机场是人与人最互不相干的地方，大家都各奔他乡，无暇旁顾，然而我也亲历了这里的温情。

就在我浑身发冷几近放声大哭时，一位陌生的美国先生当即给我买了一条厚毛毯，摘了隐形眼镜就相当于迷路的视力让我至今无法重温他的相貌，但以后每一次的长途飞行，他的毛毯我都带在身边。还有从旧金山到达拉斯旅途中坐在我身边的金发男孩，要不是他主动脱下外套盖在我身上，我就不可能有那将近半个小时的宝贵睡眠。下飞机跟他握别时，他的手居然比我的还凉。

终于到达了拉斐特机场——我此行的最终目的地。但我已经难受得一点劲儿也没有了。眼睛由于上飞机前一夜未眠加上哭的时间太长这会儿已经疼痛不堪，耳鸣得头痛难忍，整个人像被倒置了一样，等终于见到半夜里前来接我的教授时，我连对他挤出一个笑容的力气都没有了。

这是一个非常高大的中年人，健硕的身材，却有着温和得像孩子一样的蓝色眼睛。他一眼就认出了我，不仅是因为我之前用邮件给他发过照片，更重要的是，我是那班飞机出来的唯一一个中国女孩儿。

他迎上前来，第一句便是极热情的——“丝丝，欢迎回家！”这句话本是再好意不过，我懂得他是要消除我的陌生感，让我有宾至如归的感觉，但是“家”这个字深深地触动了我，我心里一阵绞痛，嗫嚅着说：“这不是我的家，我的家在北京……我想回家……”他当时很有些尴尬地愣在原地（我后来一直因为这件事对他心怀小小的歉意），但旋即了解地走上前来，接过我手中沉重的行李箱，引着我走出机场。

Chapter 2
初到异国，那些新奇、美好与坎坷

那出巢的鸟儿，眼里是否都隐含着泪呢？

你扑打着丰满的令人艳羡的羽翼，要飞向属于自己的那片天空时，

那一幕虽然成了旁人眼中的美景，却不知你心底对这巢的眷恋和不舍。

但你又是那么坚忍，咽下泪水、迎着长风，

不管前方山河湖海，荆棘坎坷，只管展翅飞翔！

人生中最黑暗的那一夜

这就是美国吗？让无数人向往的自由之地。让我拼尽全力甚至不惜离开温暖的家也一定要见识的那个远方？夜色朦胧里，面对着我的是一片静静的陌生的土地，刚刚下过雨，却不显得清凉，泥土蒸腾着闷热潮湿的气息。停车场里已经没剩几辆车了，我疲倦至极地跟在教授身后，把行李装上车子就往学校开去。

半个多小时后，教授说我们已经进入校区了，我坐直身子，看到面前是一条从前只有在国外摄影画册里才能见到的那种美丽笔直的路，南部特有的高大橡树夹道而生，给人一种被隆重迎接的感觉。明亮的路灯下，能看到手掌大的叶子铺满了刚刚被一场小雨浸得半湿的草坪。不知名的花在夏夜里散发出浓郁迷人的香气，风吹过来，香气更浓，带着说不出的异域情怀。这一刻的我稍稍有了一点儿放松舒适的感觉。

车子最终停在了一栋四层的楼房前。这就是我的宿舍楼了。虽然是深夜，但能看到里面的大厅亮着明亮的壁灯，干净、雅致。教授帮我把箱子运上楼，然后替我打开事先安排好的房间。

门打开的一刹那，我却呆住了，这么大而空洞洞的房间，一目了然，偌大的、四四方方的房间里除了一个光秃秃的大立柜、一张桌子和一张床之外就什么都没有了。这和我之前想象得太不一样了！惨白的灯光下，我简直不敢相信自己的眼睛。这第一眼看上去是那么简陋、直白、毫不温馨，我对它一丁点儿好感都没有。

我住这一间，卫生间和另外一间的女孩子合用，但现在是深夜，她早已睡下，所以没法见面打招呼。

我梦游似的把行李放在地上，简直不敢相信从这一刻开始自己就要生活在这样一个地方。

没有窗帘而只是百叶窗的窗子关得紧紧的，空气里有一种很长时间没有通过风的家具气味。床也只是一个床架子上放一块旧床垫，床单枕头都没有。我的心沉下去，一旁的教授看出我的失望，对我说："以后把你自己的东西都摆出来会好很多，但是今天不要做这件事，你已经很累了，好好休息。明天我来看你。"

还是梦游一样地把教授送走，我这才发现我是那么疲倦，没有网络，无法第一时间与国内的家人取得联系，而且当时我还在发烧，头沉得好似有千斤重，连饥饿都忘了，只想着洗干净后喝一杯热水，然后就上床睡觉。去楼道里面打水的时候，却发现所有的水都是冰水，我的喉咙像火烧一样，身上却冷得发抖，实在喝不下那冰凉的水，只好匆匆洗完就去睡觉。

惨白的吸顶灯被我关掉了，整个房间里一片漆黑，我摸索着走到床边，躺了下来。夜已经很深了，我望着空空荡荡的屋子，窗外是异乡陌生模糊的景色。四周一片寂静，静得能听见自己沉重得像擂鼓一般的心跳声。

我心慌得冷汗慢慢淋下来，胸口像是被一块大石头压着一样，大口大口地喘着气，迷迷糊糊中还在想：上飞机的前一天夜里还觉得只剩下自己一个人了，那么现在呢？我现在才是真正的一个人了啊。我依偎了二十二年的那个家已经在万里之外了。这里的泥土没有好似乡愁一般的清香，也没有我熟悉的一切。

我不由自主地想起两年多前的那个冬天。因为大学就是在北京念的，所以四年来基本没怎么住过学校宿舍。那年深冬暴风雪肆虐京城，但我还是打算回家，由于交通全面瘫痪，到家时已经是夜里十一点多了，当我披着满身雪花站在门外的时候，我看到妈妈的眼泪都快流出来了。记得当时她好像叹息似的说了一句：“从来不知道有你这么恋家的孩子。”

可是妈妈，当初那个最恋家的孩子，如今却走得最远！

那夜漫天的风雪随着记忆翩然而至，夹裹着彻骨的寒气在这个闷热的盛夏将我瞬间席卷。那晚我到家门口的时候脚已冻僵，全身上下都被打湿，连耳朵和脸颊也冻得通红……但你知道吗？我从没有像现在一样想回到那个时刻。

这真是我人生最黑暗的一夜。我在这一片浓黑之中，像是要被压垮一样，又像是突然被人按进了很深的水中一样完全丧失了方向感。

后来我才知道，这个房间在我住进来之前已经因为暑假而紧闭门窗了整整三个月，我进来以后也没有通风，而是直接又把门窗关紧。所以我那么心慌气短很可能不只是因为心理作用，而是由于真实的缺氧。我已经是那么那么累了，却竟然又是一夜未眠。

48 小时后就逃难

清晨，我在卫生间的大镜子前看到脸色极度苍白的自己，难以置信我竟然又一分一秒地挨过了一个如此漫长的黑夜。

这个时候，卫生间那边的门响了，我看到了我来到美国的第一个室友，一个身材高挑匀称的法国女孩儿。她一头微微卷曲的黑发、光洁细腻的肤色，妩媚的黑眼睛柔和极了，让我一下子想起严歌苓小说中那些“长着鹿眼”的异域美丽女孩儿。她穿着一件淡青色的连衣长裙，长发拢在一侧，笑意盈盈地望着我，问我是不是昨晚刚来的，夜里睡得好吗。

她的声音是那么关切温和，没有一点儿面对陌生人的客气和疏远，让我这一夜所有的不安和彷徨一发不可收拾，我来到美国后第一次趴在一个人的肩膀上，呜呜地哭了。她没有惊疑，也没有追问，而是静静地用手抚着我的背，等我自己平静下来。

虽然后来她先行毕业，我又陆续换了好几个室友，每一个都聪慧开朗热情奔放，但最初的法国女孩莉莉是我一生的记忆。我永远都感谢她，在我最孤独无援的时候，她用美丽的肩头承受了一个陌生人那么多涌动的泪珠。是她让我明白了人与人之间最高级别的安慰是“共情”，对我突如其来的痛哭，她并没有表现出任何唐突和惊诧，也没有试图制止我“不要这样”，而是以极快的理解同感了我的痛苦，并静静地陪伴我。

然而，我刚刚在宿舍里住了两天，就遭遇了一件平生从未经历过的事。此次美国开学的日子正巧赶上“古斯塔夫”飓风来袭，它是狂暴的加勒比海热带气旋，已经于我在北京登上飞机的同时进入墨西哥湾，并登陆美国了。

难怪我从下飞机的那一刻就觉得天气沉闷，气压极低，并且经常下大雨，伴随着恐怖的狂风。我是这几天在宿舍楼里才慢慢向人打听到，我所在州的南部城市新奥尔良当局已经下令实施了强制性疏散令，市长称“古斯塔夫”为“所有风暴之母”，据说他在发布疏散令的时候说：“对于那些认为他们能够挨过这场风暴的人，我要说，那将是你们一生当中犯过的最大错误之一。”总统布什也已经宣布路易斯安那州进入紧急状态。

三年前的“卡特琳娜”飓风杀死了将近两千人，同时让数百万人无家可归。这场飓风称得上美国历史上最严重的自然灾害之一，给路易斯安那州留下了巨大阴影，让每一个人都心有余悸、惶惶不安。

而我，正是在这个时间踏上了美国领土，来到了飓风中心。

听完同一楼层的人说完那些话，恐惧紧紧地攫住了我，我呆呆地转过身，一个人回到房间里，又呆呆地坐在床沿上。每一个人似乎都早有去处，不是准备回家就是投靠附近城镇的亲戚朋友，只有我困在宿舍里，与窗外风雨飘摇的声音和满地摊开的箱子做伴。

虽然是白天，但是窗外暗极了，一片飞沙走石。美国南部特有的高大橡树，我一直以为它们是稳如磐石、坚不可摧的，但此时此刻它们庞大的树冠正在狂风骤雨中激烈地摇曳着，好像盛怒一般。我呆呆地望着窗外，恐惧之余，居然由衷涌起一股对自然力量的敬畏之情，觉得人真是太渺小了。没有去处，我就守在这里等开学吧，要是大楼被冲垮了我就揣好护照往学校里最高的小山上逃，我胡思乱想着。

正在这时突然传来一阵敲门声，我忙起身开门，只见门外站着一个陌生的美国男孩，他身材高大，像是快有一米九，一顶棒球帽低低地压在深邃的眼睛上，显得目光敏锐。我看着他，不明白他来找我做什么。

他开口了，说他刚从别人那儿听说我前两天才到美国，没有地方去，而他正好要去达拉斯办事，问我愿不愿意和他一起逃难，住到他达拉斯的朋友家，然后等风暴过去再一同赶回来上课。

当确定明白了他的意思后，我不禁目瞪口呆地望着他，要知道这一刻之前我根本不认识他，却得到他这样雪中送炭的帮助。窗外的风更大了，雨好像也更急了，我立刻请求他给我二十分钟的时间打包。我把四十八小时之前刚刚摊开的箱子重新收起，和他一同赶到地下停车场。

我们开上州际公路，往得克萨斯州的方向狂开。天气变得更恶劣了。我从没见过这样惨烈壮阔的大自然。

永远都忘不了那一天。我们奔走在美国旷野的公路上，头顶是愤怒的天空，震耳欲聋的雷电就在不远处炸响着。暴雨倾盆，狂暴地击打着车子的前风挡玻璃，像是要把它击碎，公路两旁狭窄的田埂迅速被雨水填满，不堪重荷，公路上开始奔流着滚滚急流。如果光听声音，你会以为你在一条河的中央。

我被眼前的景象深深地震撼了，一时间竟有些恍惚，想不清楚自己这是在哪里，和什么人在一起？我侧头看他，清楚地看见他眉头紧蹙，眼神鸷狠地凝视前方，双手紧紧地握着方向盘。天地之间骤雨狂泻、一片混沌，我在越野车的冷气中不停颤抖。如此恐怖而又炫目的景象我一辈子也忘不了。

我们终于赶在风暴达到顶点之前抵达了他在达拉斯的朋友家，在那里我举目无亲，却被一群陌生的美国人照料着，也是在那里，我得知了此次飓风让美国将近一百万家庭失去电力供应，只能生活在黑暗中，但无人抱怨。所幸“古斯塔夫”在离开墨西哥湾、登陆美国本土的时候，已经从三级降到了二级，所以并没有造成和 2005

年“卡特琳娜”飓风一样大的破坏。

这次逃难是我第一次和美国人共同经历生死时速，并得到他们如同恩情一般的帮助。这期间，我的英语也好像被强化训练一般，我在梦中都心心念念地说着英语。

等再次回到学校后，难以置信般的，我居然对我的宿舍生出了一点点感情，虽然它还是那么光秃秃的，连件像样的家具也没有，但是从别人的家回到只属于自己的小屋，总还是有点儿回归的感觉。我打听到一位要搬往校外的同学正在处理他的家电，便及时向他买了一个二手冰箱，开始时不时地买点儿零食、水果和速食面，努力地过着异乡的日子。

搭便车的致命诱惑

不久之后，又发生了一件事，让我现在回想起来还心有余悸，不寒而栗。

我从达拉斯回到校园里的时候，学校还没有开学，自然食堂也不开门，我便经常一个人去超市买些菜和方便食品。从宿舍到超市的路很远，我没有车，就只能走着来回。但我发现这儿的很多人都非常热情，在路上的时候，经常有人把车子在我身边慢下来，问我愿不愿意搭车。我刚开始还不好意思，但后来发现真的能省不少时间，尤其是回来提着那么重的瓶装水和水果的时候，一路有人开车直接送到宿舍楼下，简直是太诱惑了。于是我渐渐地就胆子大了起来，不时搭一搭顺风车。

有一次我下午睡觉，醒来的时候发现天都黑了，这才发现冰箱里什么吃的都没了，咬咬牙只能走着去买菜。

正觉前方漫漫长路的时候，一辆车子迎面开过来，紧接着在我身后掉头，这才又放慢速度停在我身边，问我去哪里。我看到一个非常年轻的美国男孩，年龄不会超过二十五岁，小平头，脸部线条简洁分明，套着一件宽松的浅灰色外套，干净极了。我以为他也是学校的学生，就告诉他我要去超市买东西。他很大气地挥手叫我上车，说他也正往那个方向去。我谢了他，便拉开车门上了车。

他不仅带我转了超市，还帮我提东西，很体贴地替我开车门，陪我聊天，告诉我哪个餐馆好吃、哪里可以剪头发……我心里特别感激，而且因为他很英俊，对我这样热情我还有点儿沾沾自喜。

到了宿舍楼下的时候，天已经很黑了，因为是周末，校园里面空空荡荡的。我诚心诚意地谢了他，便要下车去。然而他拦住我，提出要记一下我的电话号码，交个朋友，说以后我要是有用车的地方尽可以找他。

我还没有答话的时候，他突然从车座前的抽屉里掏出一把刀，看得出非常锋利，在黑暗中闪着寒森森的光，我吓了天大的一跳，猛地抬起头盯着他。他解释说他的手机刚巧丢了，这刀放在车里是因为他“没事儿喜欢刻东西”。

说着，他开始在驾驶座旁边的凹槽里乱摸，居然摸出一片脏兮兮的、一眼望上去好似沾有暗色污点的薄木片，提起刀尖儿，又问我的电话号码。我觉得不对劲儿又说不出是哪儿，突然一个瞬间我觉得他的神情十分古怪，简直跟刚才判若两人。他直勾勾地盯着我，好像在笑，又像是在微微发抖。我才意识到四周寂静的校园里一个人都没有，也不会有人看到我正坐在他车上。

我的头皮一下子麻了起来，说我不记得了，我刚来也没有手机，要不我可以现在下车去问问楼管我们楼的电话总机，我这么说是想让他知道虽然是周末，但楼里现在是有人的。他也没有强求，停了一下，说很高兴认识我，总之知道我住在这里就行了。说完冲我非常甜蜜地一笑。他的眼睛深邃得近乎美丽，但这一笑更让我觉得后背发凉。我强装镇定地又道了谢，同时用手推开车门，滚下车去，差点儿连东西都不想要，就狂叫着奔进楼去。

之后的很多天，我根本不敢走宿舍的正门，而且一定要等楼下人多起来的时候才敢出去。后来开学了，功课特别紧，我就将这个人忘掉了，直到有一天我在浏览网页时看到一条新闻，一个英俊的美国男孩专门借口让女大学生搭他的车回宿舍，然后半路将她们残忍地杀害肢解。一次他对其中一个女孩说："到了。"那女孩还看看窗外，天真地问："到哪儿了？"然后这个变态杀人狂拔出刀来，说："你的日子到了。"虽然事件不是发生在我所在的州，但还是看得我手脚冰凉，头嗡嗡作响，后怕得连着好几个晚上都睡不着觉。

她的青春，他曾经在场

临近开学前的一天晚上，我正在网上选课，突然收到了一封电子邮件，光看邮箱的名称不知道是谁，打开一看大吃一惊，居然是多年不曾联系的、我叔叔年轻时候的女朋友。在这个异乡的深夜里，童年的记忆一下子翻涌上来。

这个阿姨在我小的时候经常和叔叔来我家，给我买在当时很贵的一些名牌运动服和全套的精装外国画册，还带我去她当时上班的外企大厦。九十年代初的北京还鲜有那种电梯一下就上三十层楼、连办公室的墙都是全透明玻璃的高级建筑。我第一次去简直是目瞪口呆，什么都是新鲜的。长大一些后看美国电影，里面的摩天大楼和漂亮的露天咖啡厅让身边的大人小孩都啧啧称奇，而我却并不陌生，因为她都带我见识过。

然而，自从他们分手之后，她就慢慢不再和我家来往了。这么多年，我只知道她住在旧金山，至今独身。而更多关于她的记忆，只是童年时候一个颀长的影子。

邮件里并没有提到她是如何得知我邮箱地址的，只是说了一些鼓励和祝福的话，并留了电话号码，说我初来乍到，有事可以联系她。

一个在你生命中几乎消失了快二十年的人，突然在你人生重大转折时找到你，告诉你她还惦念你，愿意在你困难时给你帮助，那种感动是很深的，何况小时候有关她的记忆那么温馨。

然而我想说的是，关于这个人真正让我难以忘怀的却是在我念中学时。那时她刚好从旧金山回国，曾和叔叔一起来我家看我。那天我放学回家，发现家里坐着爸妈、叔叔和一个穿得很好的女人，细看之下才认出是她，那时我已经有将近十年没有见到她了。她瘦了，眼角出现了细碎的皱纹，俨然没有了年轻时欢快圆润的样子——她本不是一个十分美丽的女人。相比之下，我叔叔就有魅力得多了，深目高鼻的长相和浪漫多情的气质，使他从念大学一直到工作都倍受女孩青睐。年轻时的她竭力想嫁给叔叔，无论是不被长辈接纳还是情敌条件出众，阻力重重之下她仍一往无前，但最终没能抗过缘分，出国去了美国，数年如一日，一直独身。

我望着叔叔给她倒水，谈笑风生。那时的叔叔已经有一个马上会晋升为婶婶的美丽女友，早已放开这段感情纠葛，而把她当作一个亲密的旧友对待。而她，这么多年都过去了，作为一个懂事大龄女青年也极有教养，云淡风轻地聊着天，早不纠结了。

然而，当说到什么事情的时候，她冲口而出说了一句评论，大家全都忍俊不禁，叔叔朗声大笑之余用手在她头发上轻轻拍了一下。众目睽睽之下，她很明显地愣了一下，然后脸腾地红了，连话都说不出来。捏着手里的杯子，她内心仿佛忍受着极大的震动，刚才说的什么似乎全都想不起来了，只能前言不搭后语地应和着。变化之明显，她自己也一定意识到了，并极力想掩饰，但是最终无能为力，尴尬地坐在那里不知所云。刚才的优雅、自如、大方、健谈，全都没有了，我看到的是一个眼角已有皱纹的女人像初恋少女一般地被触动了。

这么多年，这个镜头一直印在我的脑海里，无法淡去。不知道那一下无心的亲昵，是不是触动了她内心深处最柔软的一块记忆，那里是不是有额头闪耀着年轻光泽的她，和那段让她炫目的、充满感恩和狂喜的真挚岁月。那段时光在时间的长河里未免显得太微不足道，却是她一生最珍贵的记忆之一。

我回复了她的邮件，谢了她，但随着时间的流逝，我们又渐渐恢复到了之前毫无联系的样子。这也是难免的，我们的生活已没有交集，但是从那之后，我不时地想起她。不知当年的那一个小细节，亲历的她是不是还记得，但我敢肯定的是，在那一个瞬间里的她已于不知不觉间忘记了曾经的坏，而只想起了曾经的好。毕竟，那是她记忆中忘不了的温存；毕竟她的青春，他曾经在场。

如今的我正是她当年刚刚爱上的年纪，青春的痛也曾将我折磨得泪流满面、心如刀绞，但当我懂得了爱所带来的无与伦比的快乐和同样铭心刻骨的疼痛后，就更能明白已并不年轻的她在那一个瞬间几近失态的真情流露。

原来，爱无法隐藏，也无法从容。

“这就不关我的事了，甜心”

开学的日子一天天临近了，想到马上要迎来我在美国的第一堂课，心里又紧张又充满期待。

那一天终于来了。这是我第一次见识到美国课堂。

进了教室，我才发现我是唯一的中国学生。没有特定的交代，所有的人把桌子自行围成一个椭圆形，围坐在一起，谈笑风生。与其说是准备上课，倒可以说是准备聚会。但于第一时间打动我的，却是每个人举手投足、言谈笑语间那份从容和自信，这种无法伪装、无法造作、只能自然流露出来的光辉让他们每一个人都显得独具魅力，而这魅力无关容貌、无关财富。

我的教授是一位有着欧洲血统的美国先生，他身材中等、眼神温和，对我微笑的样子让我一下子觉得他很可亲近。

但是一开始讲课，我就傻了，完全没想到教授的语速那么快，还夹杂着那么多听都没听过的专业名词。整整一个小时过去了，我听懂的内容还是寥寥无几，就只看见教授一会儿坐在讲台的桌子上，一会儿又走到我们中间，和所有人都很好地互动着，而我完全傻了。

这一路走来的艰辛不就是为了最终能够拿到美国高等学府的硕士学位吗？可是我居然连课都听不懂，还做什么作业？怎么考试？怎么毕业？更别提走遍美国，亲身去感受这千山万水之外的世界了。

三个小时之后，下课了，而我居然完全不清楚老师都说了些什么、又让我们课下做什么。我彻底蒙了，呆呆地坐在那里，觉得自己连哭都哭不出来了。只能傻傻地看着其他同学一边轻松地聊着天，一边收拾着自己的东西，和教授道别后走出教室。

教室里只剩下了教授和我。我在心里激烈地斗争着，我是该安静地走开、不管多难都自己课下一个人克服，还是向他表明我内心的焦虑并求助？

我终于走上前去，站在教授面前，说："先生，我有话要和你谈。"他抬起眼睛迅速看了我一眼，很温和地问我怎么了。我焦虑极了，喉咙发紧，一瞬间愣在那里竟不知从何说起，最终还是深吸了一口气，说："先生你讲得太快了，我听不懂。"他愣了一下，停下手里正在收拾的讲义，更加温和地问我："你哪里没听懂？"我怔怔地望着他，答道："我哪里都没听懂。"

我们互相看着，他摇了摇头，问我要我选课的课表。我递到他手里，他默默地翻了一会儿，抬起头对我说："我想你的课选得不对。我这堂课是二年级的学生才会选的，因为它直接对你的毕业论文有帮助。而你才刚刚来到这里，这门课也许还不适合你。”

我一听就着急起来，急忙说：“我不知道，也没有人帮我选，这学期的四门课全是我自己选的，这个课我不上了。”他立刻说：“可是如果你放弃这门课，也无法再选其他课，因为选课期限已经截止了。那么这个学期你就只能得到三门课的学分。”说着他停下来，用一种非常信任、非常有感情的眼神看着我说：“我觉得你很勇敢，愿意交流，这是很好的。或许你会比你自己想的做得更好。试一试吧。”

我本能地摇头，压力让我恐惧，我只想逃避。他不再劝我，只是微笑着说：“回去想想，我希望——下堂课还在这里见到你。”我问他可不可以放慢速度讲课，我着急地说：“如果我听不懂，就没法完成作业，如果我不能保持门门功课都达到 A，就没法继续拿奖学金了！你不知道，我考到美国有多辛苦……”

他耐心地听我语无伦次地说完，望着我非常坦诚地说：“这就不是我的事了，甜心。我知道中国学生考到美国很辛苦，但是我的速度非常合适，你现在要做的就是跟上它。”

走出教学楼的时候已经是晚上九点半了，我踏着一地明亮的月光回宿舍。傍晚的时候又下雨了，空气新润，大口吸一口气，清甜的空气像泉水一样沿着舌头、喉咙流进五脏六腑，让我一直发蒙的头脑稍微清醒了一些。隐约看到一只胖乎乎、毛茸茸的小松鼠在树下的落叶间亢奋地跳来跳去，显然对一地饱满的坚果感到十分惊喜。

这是我初到美国后，觉得美国校园最可爱的地方，居然可以看到各种小动物出没（除了松鼠，我还曾在树林边见过一只灰色的小浣熊）。它们大大方方，一点儿也不避人，那么和谐自在地和人共存在人类主宰的世界里。

但此时此刻我的心情被压力堵得满满的，再没有心情去感受这活泼的夏夜。回到宿舍后，我连灯都没有开，就颓然地坐倒在椅子里。不过才几个小时而已，我竟然已是这么累了。下一步该怎么走？曾经觉得自己的英文没有问题，所以没有像其他在这里的中国学生一样，先上语言班，等适应了再开始正式上课。

我是直接跳过语言班来上研究生水平的课程。而且我选的专业是“大众传媒”，顾名思义，更是对表达能力的要求颇高，我这才明白，为什么学校里其他专业都有很多的中国学生甚至中国教授，唯有我所在的系全部由美国教授任教，学生也几乎全为美国人。

我坐在黑暗里，终于开始明白我面对的是什么了，经过了艰辛的备考、申请、签证、乱流、高烧、逃难……终于安顿下来，却发现真正的考验才刚刚开始。

怕了吗？我问自己。

可能有一点。

但是，我不是一直最喜欢肖复兴在《年轻时应该去远方》里的那段话吗？

“青春，就应该像是春天里的蒲公英，即使力气单薄、个头又小、还没有能力长出飞天的翅膀，借着风力也要吹向远方；哪怕是飘落在你所不知道的地方，也要去闯一闯未开垦的处女地……”

没有人知道，这段话曾经是怎样像座右铭一样，镌刻在我年轻的灵魂里，激励着我原本就旺盛的好奇心，只因它给了我“青春”最好的定义，那就是勇于开拓勇于挑战，拒绝一成不变和享受平凡，它鼓动着我，让我认同这世界太绮丽，我怎能不一一去经历！

于是，我选中了美国，决心来这里接受不一样的熏陶、不一样的历练，从那之后，我就清楚自己该为什么而奋斗。我从不在做决定本身花费太多时间，从来痛快决定，然后全力以赴我选择的路。然而就是这个遥远的目标，曾支撑着我度过了多少个艰难而具体的日日夜夜。

想起当初为了飞越重洋的第一步而全力备考时，我背着沉重的各类英文书往返于家、大学和新东方的校区之间。我记得，我妈就是从那时候觉得我能吃苦的，一点儿也不像一直以来那个娇生惯养的小女孩儿。北京冬天的夜多黑啊！凌晨五点整我就被闹铃叫醒，在所有人都还熟睡的时候，掀开温暖的被窝，听着外面呼呼的风声，闭着眼换上冰凉的衣服。街道上半天才驶过一两辆车，路灯闪着清冷的光——但在当时的我的眼里，它并不微弱惨淡，因为它辉映着的是一个二十岁女孩儿燃烧的梦想。

夜晚的时候，我奔跑在追车的公路上，那时候最发怵的事就是赶不上末班车，好几次在路口看见车要开走了，我又追又跳又打滚，声嘶力竭地把车喊停，然后一脸尴尬地坐在最后一排。我就这样每天踏着星光出门，又踏着满天星光回家。

回忆着这些，我突然不知怎么，一下子想起了北京三里河的、那个童年的小院。我仿佛看见，当年的那个小妞妞，在爸爸妈妈的呵护下蹒跚而行，我仿佛看见了她一步步成长为了眼前这个心潮澎湃的年轻女人。我怎么能忘记呢？这么多年，这个小女孩还一直站在我的身边，我还一直拉着她的手。因为没有人能比她更清楚，我是经历了怎样一番艰苦卓绝的奋斗历程才走到了今天，有多少次在几近绝望的沮丧中我抹去奔腾的泪水，告诉自己——“我可以！”

…………

整整半夜，我和自己的心灵对着话。在异乡微亮的晨曦中，我终于决心迎接该来的一切挑战。

我第一件事就是要改善我这屋的灯光，它惨白、冷峻、使人沉重倦怠。我去市中心的商城里挑了一盏大树造型的落地灯，现成的灯具太贵，所以我买的是零件，然后回到宿舍来，按照英文说明一点一点拼装起来。了解我的人都知道，我从不长于机械或者手工，但是当我花了整整一个下午的时间把灯组装好的时候，充满了无限的自豪和成就感。

轻轻按了一下按钮，灯光亮起来的瞬间，我的心也随之明亮起来。那一刻的心跳和感动，在记忆中永远闪光，正如那天温暖柔和的灯光。

一切都不再苍白，相反是那么明艳、温馨，我看着那橘色的光芒绽放在暮色四合的房间里，第一次涌起了信心，相信自己能够战胜一切未知和恐惧。也许每一个在异乡求学打拼的年轻人，都曾以一间狭小的出租屋或者宿舍为起点，开始一段奋斗的童话岁月吧。我模模糊糊地想着，来到美国后心里第一次因对未来充满希望而喜悦。

此后是这盏灯夜夜陪我到天明。

咖啡彻底变成催眠药

真正的奋斗开始了。自从我对自己说“决定奋斗”的那一刻起，这四个字就如同誓言一般刻在我二十三岁年轻的生命里。

我自己选的四门课，加上所有拿奖学金的学生都要上的一门纯理论课，一共是五门课；但由于我大学时的专业和现在念的不是同一个，我还要一边读研一边选修大学的课程；学的又是传媒类，经常有各种电话采访的任务，都要课下自己联系，再加上每周二十个小时的助教工作，我的生活被牢牢地填满了，我好似永远都在查资料、写作业、复习、预习。

别的同学写作业都是直接拿来就写，顶多事先翻翻书，而我要把所有生词都先列出来，一个一个查清楚了，再放到句子里去读顺，这时我才能完全明白教授要我做的是什么，才能正式开始写作业。有时候赶上几门课同时有考试，我基本就可以不用睡觉了，有时半夜里困得我真有冲动一头栽倒在床上就睡死过去，就算是明天这门课交不了差拿不到奖学金打道回府了我也认了，但是这种念头往往都是以 0.1 秒的速度好似灵魂出窍一般在脑海里一闪而过，而我的肉体还是动也不动地端坐在桌子前面。压力最大的时候我连着一个多星期每天晚上喝三四罐特浓咖啡，直到咖啡因对我完全失效，彻底变成了催眠药。

有一门课是法律学基础理论，里面的案例全部和大众传媒的发展有关。这门课差点儿要了我的命。全部是美国第一修正案和第十四修正案的历史，都是一些旧案。我完全看不明白。这个州怎么判、那个州又怎么判，从地方法院到最高巡回法庭，每个人都有一大堆的理由，每个州还都有特例！厚厚的一本书，厚得我每次一抱起它来就悲愤交加，感觉比抱着一个孩子都沉。美国修正案发展得很艰辛，而我更艰辛，耶稣基督做证，我又不是美国人！

我这门课的教授还是一个很喜欢课上让学生互动的人。有一次我无意中发现他给我一节课打的分数奇低，细查之下才发现“参与”这一项是零，我简直又惊又怒，我明明从头到尾都在课堂上，怎么能说我没“参与”呢？而他的解释是那一堂课我一直都在“记笔记”和“点头”，没有发言，所以他不能视我为到场。然而只有我自己知道，那节课之前我已经连着一天一夜没有休息了，能坚持三个小时努力听别人说和记笔记已经是我的极限了，但是美国的教授认为，只要你没有表达属于你的看法和声音，那么人来了也是白来。

同时，这个教授还喜欢让学生来讲课。他的方式是每个人都会被分到一个章节的内容，自己回家做功课提炼出精华后给同学们讲，然后大家讨论。这本来也没那么糟，但非常不巧的是，我被分到的那一章居然是全书内容最多也最复杂的章节，全部是纯理论和一些晦涩难懂的旧案分析，足足有60多页，我的心都凉了——别说是英文了，就是同等内容的中文我也不一定能看明白啊！何况还要讲给所有人听。

然而我心里清楚，除了尽力我别无他法。但当时我只有不到一周时间，还要应对其他功课。那一个周末，我连去食堂的时间都省下，就一个人在宿舍里开水泡快餐面，夜以继日地读着、画着，每天凌晨昏过去之前都不忘挣扎着设定闹铃，否则我绝对会毫无悬念地一觉睡到第二天下午。

那个周末我印象最深刻的就是，起床变成了会呼吸的痛，铃声大作的瞬间我总是要反应好一会儿才能让自己明白眷恋的黑夜已经结束了，而等待我的是又一个艰难而漫长的白昼，尤其有了前几个小时的短暂也因此更显睡眠的宝贵，那种心情真是灰败沮丧无比。逼得我不得不用曾经读到过的美国海豹突击队员的训练方法来激励自己，这群男子汉坚定不移、永不言弃，练为战，战为胜，曾带给我无限力量和勇气。

他们在圣地亚哥湾冰冷刺骨的海水中做俯卧撑和长跑，沾满湿沙的靴子比平时重一倍还多，而激流的力量大到可以把鱼身上的鱼鳍都冲掉，他们在这里接受不分昼夜的魔鬼训练，运动量连一头虎鲸都受不了。但他们必须坚持，因为国家要求“我肉体比敌人强壮、意志比敌人坚定”。

他们最长超过60个小时不合眼，快要接近三天三夜，以致皮艇上的一个队员在意识模糊中一头栽进了漆黑的海里，可这时这个小伙子还以为自己在划艇，还在一下一下地挥桨。等大家七手八脚地把他拉上来时，他好像还没意识到自己已经在冰冷得几乎让人心脏停跳的海水里待了好几分钟。第三天的凌晨四点，每个人倒在床上的时候都以为自己再也醒不来，然而在凌晨五点的时候却又全部准时爬起来，接受新一轮炼狱般的考验。海豹突击队的宗旨大意是“人的肉体几乎可以承受一切摧残，需要训练的是精神”。——这就是我每天起床时必想的内容。一二三数三下就必须起，因为仅有一次我对自己说，我要数到十五再起，结果我就又睡着了。

有一天晚上上课晚了，没来得及去食堂吃饭，只是买了一份沙拉，胡乱吃几口扔掉。我发现人在精神高度集中的时候是感觉不到饿的，但是到了夜里复习的时候，我的身体苏醒了，饿得我简直能感觉到胃在静静地穿孔，而房间里什么吃的都没有，已是半夜时分，食堂早关了，学校里面的小吃店也关门了。

崇尚自由如我，曾经最向往“笼鸡有食汤锅近，野鹤无粮天地宽”的高远境界，但现在我发现如果一旦真的“无粮”，纵使什么天地都宽不了，因为你眼中只会去分辨哪些东西能拿来吃上一口，之外的“天地”你都看不见。

此时此刻的我就想吃点热乎的东西，脑海中塞满了在北京常吃的四季涮肉和麻辣香锅，还有鱼头泡饼卤肉拌饭，当然还有妈妈做的炖牛尾，她固定会在里面放上蘑菇、白菜、豆腐和海带，浸满浓浓的肉汁，每每都香得我食指大动。然而最最想念的还是她包的羊肉白菜馅饺子，蘸上老北京过冬必备的腊八醋，再配上麻香酥脆的辣子鸡，曾让我青春里的一切减肥计划尽数夭折。就连平时在国内十分常见以至于根本不屑的马兰拉面此刻都让我思念甚深，连香气和味道都在我的感官中真实重现，对抗这种生理反应真是痛苦难忍。

这时我看到桌角有一袋硬糖，我到今天还记得，是一袋橘子味的硬块糖，我从国内带来的，但嫌它太甜一直不怎么爱吃。但是那天晚上我饿慌了，抓起来一口气吃了小半袋，直到一向皮实的胃开始一个劲儿地泛酸，那种感觉很难受，是一种钝钝的胀痛，慢慢地蔓延开来，到最后终于开始尖锐地疼痛起来。然而饥肠辘辘的感觉并没有消退，反而愈加强烈。

我一只手使劲按压着胃，努力强迫自己看书。但还是在被越来越疯狂的绞痛折磨得万分委屈之余，在 MSN 的签名档里写下了一句话——“God bless me make it through tonight, I am STARVING!!!”（上帝保佑我扛过今晚，我快要饿死了！！！）

外面又下雨了，可中央空调还是打得那么凉，我感觉一向身体好像小牛犊一样结实的我是那么虚弱，挥之不去的饥饿感和胃痛让我的精神很难集中，半天连一页书都没看进去。正在沮丧得一塌糊涂的时候突然听到敲门声，我赶紧抹了眼泪，把门打开。只见门外站着一个和我住在同一层楼的外国学生，我平日里从没跟他有过什么交往，只知道他学石油专业，来自罗马尼亚，我刚来的时候曾努力结识新朋友，和他打过招呼并加了 MSN，但除此之外再无任何交集。

然而，此时此刻他手里正举着一个盘子，里面放着两片涂抹着厚厚花生酱的香软面包，另一只手里还捧着一杯冒着香甜热气的牛奶。见我表情疯狂眼神涣散好似不认识他一般盯着他，他解释说他看到了我网上改的签名，正好他也还没睡，就给我送过来一些吃的。那个瞬间，我觉得眼中的雾气都升上来了，望着他在走廊壁灯的柔和光晕中好像天使一般真诚而圣洁的双眼，我感动得无可言表，但在那一刻我的内心活动中早已一边痛哭一边拥抱着他不肯放手了。

等他温柔道了“晚安”离开后，我赶紧把门关上回到桌旁，来不及放下杯子，就着盘子先咬了一大口面包，啊！里面还夹着一大片又嫩又有滋味的咸肉片，我幸福得眼泪都要飙出来了，细细地咀嚼着，能清楚地感到食物在体内转化成了能量。那杯温热的牛奶也好似加进了蜜一般的浓香醇厚。窗外的雨变成了淅沥沥的催眠小夜曲，温柔地敲打着异乡厚实的土地，那个夜晚我睡得是那么香甜、那么踏实，来到美国后第一次一夜无梦，安眠到天明。

之后再在楼道里碰见他，我们的交情还是止于打个招呼，一起等个电梯之类，或是问问彼此的近况。再后来他毕业的时候给我发邮件邀请我参加他的告别聚会，而我当时正在美国南部自驾旅行，沿着加勒比海一路向南，竟没能为他饯行。从此天涯各地，成为很大的遗憾。

话说在那一晚之后，我真的被饿怕了，宿舍里什么时候都狂堆着一堆吃的，自然再也没尝过那种饿得挠墙的滋味。而且后来有了男朋友，带我吃遍大餐，在旧金山著名的39号码头吃大螃蟹配海鲜浓汤吃到撑，在迈阿密的细白沙滩和棕榈树间最高级的餐厅吃龙虾生蚝配鸡尾酒差点儿把卡刷爆，在美国中西部不惜多开一百多公里特意去吃鲜嫩多汁的西部牛排，配上肉质上乘的金枪鱼，一面是全生的新鲜透明红肉，一面是烤焦的撒满椒盐粒的细腻熟肉，蘸着精心调制的酱汁，好吃得我魂飞魄散。但不知怎么，最初那普普通通的牛奶和面包，在我心中却好似初恋一般无法忘怀。

后来我想过，其实那天夜里就算他没有给我送过吃的，我当然也会活到第二天食堂开门，但正所谓生理脆弱带动情绪脆弱，这一路走来压抑在心中的种种沮丧、失落、委屈，甚至信心的动摇很可能会由于饥饿和胃痛的折磨在那样一个孤独的深夜里一触即发，让我饱受考验。而他的出现让这些情绪全部被惊喜、感动、温暖和被关爱的幸福所代替，让我重新恢复了对生活的热爱和激情。所以那天深夜，他拯救的不光是我的胃，更安抚了我的心。

这不是一个风花雪月故事的开头，却是夕阳映照下的记忆长河中一个闪耀的光点。就算后来见过千帆过境又怎样呢？最初艰难渡我的那一叶简陋小舟我终是念念不忘。

最清晰的脚印，总是印在最泥泞的路上

我给大家讲法律课的那天终于来到了。我一直悉心准备到离上课还有半小时的时候，但为了以最好的精神状态出现，我犹豫了一下，还是去冲了个澡。出来的时候我手里托着开盖的隐形眼镜盒子，眼睛望着桌上的时钟，脑子里面想的全是一会儿怎么说，突然，沾着水的光脚在冰凉坚硬的大理石地板上猛地滑了一下，人整个儿掀了起来，然后重重地跌在地上。

一切都发生得那么快，当尾骨尖儿直接敲在坚硬无比的大理石地面上时，那个瞬间的痛从坐骨神经像雷一样直轰到头顶，又传遍全身。我像被开水烫了一样地把身体猛地翻转过来，四肢着地地趴在地上，眼泪一下子迸了出来。

我不敢停下来，就那么四肢着地地一直在房间里爬着转圈儿，因为只要一静止，痛感就格外清晰。我的眼泪已于不知不觉间砸在

了地面上，但我意识到我从头到尾一声儿都没出。我才知道，特别疼的时候你真的都叫不出声儿来。

可是上课的时间马上到了，今天格外重要，所有金发碧眼的同学和教授都在等着听我分析全书内容最像天书的一章。想到这里，我擦干眼泪，用了差不多快一分钟的时间才从地上站起来，然后踮着一只脚开始收拾书。一本书被我扔在了床上，要是以往我肯定就直接扑在床上，一秒钟就给它抓过来了，可是现在我不敢，只能一点点地挪到床边，尽量保持下半身不动，探出上半身来够书，往前探身子时尽管那么慢，但还是在拿到书的瞬间震动了一下，瞬间满头大汗。眼看着天又要下雨了，我犹豫了一下，连伞都不打算拿了，因为它在房间的角落里，而那几步对于现在的我来说太艰难了，我只想省下所有的时间去课堂。

出了宿舍大楼，天极阴，已经开始掉雨点儿了。我往教学楼方向走去，平时快走只需要五六分钟的路此时此刻对我来说是那么遥不可及，每挪动一步都感觉尾骨在钻心地疼痛。我开始恐惧我是不是摔骨折了，但又安慰自己说要真是骨折了我根本就站不起来。

可能是因为下雨和天色晚了的关系，校园里的人极少，显得格外冷清而萧瑟。在岔路口的时候我决心抄近道，穿过电机设备室到达我要上课的楼的侧门。当我一步步竭尽全力挪到电机室的时候却发现一向敞开着的门竟是锁着的，门上一张没贴牢的字条随风飘动——“今天开放时间仅从上午十点到晚上五点，明天起恢复如常，引起不便，敬请谅解。”

站在空无一人的走廊里，那一刻我真正悲从中来，望着昏暗门外越来越大的雨绝望得泪流满面。

时隔这么久，那一天的大雨在我记忆中依然深刻，也依然让我心惊。还有那一刻从心底涌上来的孤独，好像比以往任何时候都绝望得多。

但当我浑身精透咬紧牙关踩着上课铃声走进教室的时候，当我的分析和观点引起全班同学空前热烈的讨论的时候，当我赢得“讲解透彻、举例恰当、语速适中、非常完美”的课后评语的时候，当学期结束，一向以严苛著称、几乎不近人情的教授给了很多优秀的美国同学“B”而给了我“A”的时候，尤其是当他为我亲笔写下“你不是一个得过且过的人，你是一个努力超越自己的人，拥有你在课堂上真的很棒，中国小姐”的时候，之前的一切苦痛和自我怀疑彻底烟消云散。我由此深刻知道了——“奋斗”中的“奋”就是“奋力”的意思，它是奋力展翅，是逆风飞翔，你可能会受伤，可能会迷失方向甚至痛到难言，但正如我曾经读到过的一句话所说的那样，“假如你的生命中没有一些让你想起来就泪流满面的日子，那么你的人生就白过了”。

那天的大雨，在小路上激起泥土的沁香，巨大的古橡默默无言，雨帘中一片夜色将至的苍茫，包裹着湿淋淋前行的我，整个天地令人怅然，令人迷惘，但我想它给我的最大启示莫过于：最清晰的脚印，总是印在最泥泞的路上。

女生宿舍惊魂记

我的宿舍楼是一幢古老的建筑，周围被大树环绕，微风过处，金黄、金红、碧绿和紫褐色的落叶从枝头飘飘摇摇地洒落下来，厚厚地铺满地面，踩上去格外舒适。海一样的蓝色天空下，复古风格的四层小楼上也缠绕着紫色和绿色的温柔藤蔓，颇有优雅的西方学院氛围。

但有一点不尽如人意，就是宿舍的房间里面总是打着很凉的中央空调，久而久之很不舒服。后来我就趁着上课的时候把百叶窗卷到最高处，把窗子整扇推开，让外面的新鲜空气进来，这样等我下课一回来，总是一室的温暖清新，心情也跟着瞬间放松欢愉起来。我的窗外就是好几棵枝叶繁茂的大树，碧绿的叶子间跳跃着阳光点点，我很庆幸自己的房间一推开窗就是这么闲适美丽的风景。

有一天我照常下课回来，一进门的时候，突然感觉窗子边洁白无瑕的墙壁上好似多了两块东西，由于我那天没戴隐形眼镜，就凑上前去瞧个仔细。但这一凑上去差点儿没把我吓得灵魂出窍，只见两只又大又肥的肉虫子趴在我雪白的墙上，最恐怖的是，这样近看之下，其中的一只居然好像有脸！一直知道美国的虫子比国内的大，没想到还有这种好似动物一般的巨型虫子，吓得我两腿发软，望着窗外微风中摇曳的树叶和枝条，我想我知道这些虫子来自于哪儿了。现在它们和窗子近在咫尺，只要把它们轰出去就行了，但是我对虫子，尤其是这种大肉虫子特别发怵。

也许有的人会认为这也难怪，因为女孩子的胆子普遍很小。其实不然。我这人天生胆大，十几岁的时候就在北京野生动物园抱过大蟒蛇，贴着它冰凉黏腻的皮肤，把它重重地缠在身上，还微笑着拍照留念。还曾把手臂插到被驯服的成年母狮的脖子底下，搂着那巨大的头拍下照片。后来在佛罗里达州的奥兰多旅行时，还在鳄鱼养殖场里抱过沉甸甸的小鳄鱼。它们是中美洲巨型长吻鳄的童年，当时已有一米多长，已经是 mini-man eater（可以吃掉小孩的暴食者），当时围着我拍照的很多人都问我怕不怕，而我纯粹是觉得好奇而已。

但我有一个软肋，就是怕虫子，各种各样的虫子。这和我小时候的一次经历绝对有关。那时北京的夏天有很多杨树，经常会掉下来那种满身带刺的大毛毛虫，有一次在树下玩得太痴迷了，一只足有手指粗的大黑毛虫正掉进我的后脖领子里，小伙伴们都尖啸着四散逃开，我大哭地狂摇着身子，而那大虫子更紧地咬牢我，我感觉它身体上的每一根坚硬的针毛都刺进了我柔嫩的皮肤，怎么甩也甩不掉，从此成为我童年里噩梦的引子。

而现在那两只肥硕的大虫子就在墙上一动不动地趴着，好像已经察觉出了空气中的紧张气氛。我硬着头皮拿起书本，战战兢兢地靠上前去，想快而准地一下就把它们扇出窗子。瞄准了半天，我鼓足勇气伸出手，没想到刚一扇过去，两只大虫子噌地就直朝我的脸扑将过来，动作之迅猛吓得我惨叫一声掩面就往外跑，在走廊里逮着门就敲，敲了好几个才敲出来一个好似正在睡觉的男生，我顾不上道歉，语无伦次地跟他解释了一切，请他来我的宿舍帮我捉妖怪。

进了宿舍一看，有一只还趴在我书柜边的墙上，只见该男生轻轻松松地走上前去，上手就给捏了起来，我目瞪口呆地看着他把虫子甩到窗外，再替我关上窗子。可是另一只怎么也找不到了，地毯式搜索未果后我不得不放他回去继续睡觉。

那一个晚上，我躺在床上的时候就总感觉靠近床头的位置有窸窸窣窣的声响，使劲动一下或者咳嗽一声，声音就消失了。直到不久后有一次整楼层的大扫除外加除虫，我才从床脚下扫出它栩栩如生威风不减的尸身。

想到自己心里对虫子有着那么源远流长的恐惧，却和这样一条有头有脸的大虫子朝夕相处共同生活了那么多个日日夜夜，想到那些夜里我睡着的时候，它是否也曾近在咫尺过，我就浑身麻冷、汗毛倒立。这个小插曲在两年多的留学生涯中虽算不得什么大事件，却让我在之后的时光里做到了“通风基本靠门”，再也没能有胆量享受一下我画框一样美丽的窗子外面，美利坚温暖清新的阳光和空气。

两个异乡人的悲剧

关于我的宿舍楼，还要不得不提一件事，这件事曾把初来乍到的我震惊得无以复加，唏嘘不已，直到这么多年过去了也没能淡忘。

那是一个周末，我因为家具登记的事去找宿管老师填表，等着的时候没话找话，就随意地问他为什么这宿舍楼一层、二层和四层都那么热闹，唯有三层整层都不住人，电梯也从来不在三层停。

我记得当时这个老师猛地抬起头来望着我，疑惑地问："难道你没听说吗？"我摇摇头，心想我整天在宿舍埋头啃书能听说什么，就还是看着他。他见我一脸茫然，就说道："这个三层本来是住人的，后来发生了那件凶杀案以后就废弃了。"

这下轮到我吓得猛地盯住他，甚至怀疑自己听错了，连忙问他是怎么回事儿。原来几年前就在这个楼里，一个中国男生把一个中国女孩活活捅死在宿舍里，据说连捅了几十刀，扎得乱七八糟的，最后把女孩的尸体塞在大衣柜里面逃跑了，而这两个人之前是情侣，而且惨剧发生的时候那个女孩马上就要毕业了。

当被人发现的时候，美国警方立刻出动，很快在得克萨斯州的边境线上抓住了正要越境的这名中国男生。可以想见，这件事在当时的校园里引起了什么样的轩然大波，好多人的第一反应都是不相信。因为在所有美国教授和同学的眼中，中国留学生一向是安静的、用功的、小心翼翼的，尤其这个男生，连和朝夕相处的同学打招呼、说话都不怎么抬眼睛，显得非常羞涩，却用这么残忍的手段杀死了自己的女朋友，让每一个人都瞠目结舌。

后来查明了原因，才知道是那女孩因为即将毕业回国，于是向男孩提出分手。男孩不惜下跪苦苦哀求，但依然不能打动对方，于是准备了尖刀，把女孩约到自己宿舍里残杀泄愤。据说那女孩的父母一心盼着日夜思念的女儿回国，一听到这消息她妈妈当场就昏了过去。

而那个男孩的命运是由于美国路易斯安那州没有死刑，所以要终生待在监狱里。宿管老师没有接着说下去，但我想起我曾经看过的一个有关于美国监狱的真实纪录片，里面充斥着各种患有心理、精神疾病和暴力攻击倾向的犯人，而且处处存在性侵犯，就连墨西哥裔或非洲裔的彪形大汉都难于幸免，生不如死，他一个体格瘦小、语言不通的年轻犯人，杀害的又是一个手无寸铁的东方女孩（“里面”好像格外鄙视这种杀害弱小女孩的或者娈童的犯人），他的日子一定不会好过，那种漫长可怕的人生也许还不如直接挨一枪。

付出了那么大代价的留学却是这样的结果，令人唏嘘不已。后来一次去参加教会活动，我才听一个原来都认识他们两人的当地华人讲，其实那女孩早在刚刚交往时就多次感到这个男生脾气暴躁，性格非常偏执，曾经动摇过在一起的念头，但由于自己在遥远的异国举目无亲，有许多实际而具体的困难，有个人在身边的确能帮她解决不少这样的困难，就一直忍耐将就了下来。

这立刻让我想起了我小时候的一个邻居姐姐，她当时是院子里毋庸置疑的最美的女孩，可惜从小父母感情破裂，离婚后更没人要她，她只能住在她姨妈家。等她到了二十岁，她姨妈见她越变越美，开始交男朋友，还喷香水，就觉得她迟早要出事丢人，便经常唠叨她、给她脸色看，她寄人篱下的感觉特别强烈。后来遇到一个男人，交往还不到两个月就答应跟人家结婚了——原因就是那男人有一套自己的房子。可想而知，结局非常悲惨，她三天两头地被打回来，有一次在我家哭诉的时候，一只手臂抬起来擦眼泪，那上面触目惊心的凝着紫色血痕的伤疤给年少的我留下了终身难忘的记忆。

现在再听说这个中国女孩的故事，我真的深深地感到：女孩无论是结婚还是恋爱，一定不能有干扰，不能有任何功利色彩——那个曾经美丽的邻居姐姐就是渴望通过婚姻和房子来脱离开那个孤独冰冷的“家”，而这个中国女孩也是为了在异国他乡能有个为自己解决实际问题的依靠，而没有舍弃一段其实已经令她感到不安的情感。

这里面真正的爱的诚意有多少？其实这两个女孩都不多。她们都是为了另一个更迫切、更实际的理由，匆匆交换了自己的青春和身体，然后付出了极不相称的沉痛代价。这代价与她们所得到的那一处住所、那一点生活便利相比，未免太昂贵了，这也是最让人辛酸的地方。

所以天底下正在恋爱或准备结婚的女孩们，如果你们发现，要和他在一起的目的性已经超过了本身想和他在一起的愿望时，请务必三思。

之后的很长一段时间，我每每从外面看到这栋极其美观雅致的宿舍楼，都会禁不住地感慨万千。

每当夜幕降临，一层、二层、四层全部灯火通明，笑语连篇，动感的音乐夹杂着青春逼人的喧哗声传出来——时间最终将那个恐怖的话题从人们的心里和嘴边移走了，却单单三层像一个陈旧的伤口一样，通过一个个被打通的窗子黑洞洞地展露着，似乎在徒劳地提醒着，那个人们早已忘却的异乡人的悲剧。

杜恩教授生活的真相

每天的日子还是一色一样地在教室、宿舍、食堂和图书馆间一刻不怠地穿梭着，而我也渐渐地和老师同学们熟悉起来了。在众多颇有个人魅力的教授中间，我最喜欢的是教写作分析课的杜恩教授。事实上我发现，班上的所有女孩都喜欢他。

他五十多岁，但高大修长的身材使他看上去比实际年龄年轻许多。眼睛是水晶灰色，看人的时候永远温和而专注，尤其是每当我问他一些浅显的问题时，他表现出来的在意和耐心总是让我倍受感动。我注意到，美国的教授穿衣服一般都很随性，但他每堂课都必身着正装，这总让我不由自主地想起《饶舌的试衣间》里一句曾让我印象颇为深刻的话："通常女装总需要露出一点肌肤才显性感，而男性却恰恰相反，禁欲型的着装反而更显魅力。而事实不正如此吗？你看有些美男子身着正装，裹得严严实实，但那种性感的感觉却远远超过了他们的裸露造型。”天作证，这句话放在杜恩教授身上正适合，再配上他专注思考问题时的迷人神态或耐心倾听时的温和眼神，总是英俊得要我命了。

大家不光爱上他的课，下了课也总爱找他问问题。尤其是女生，经常是问题问完了也并不离去，而是继续和他聊天。她们甩着光亮耀眼的金发，和他热烈攀谈着，口音是我之前最激赏的布兰妮·斯皮尔斯式的“性感南部口音”，我虽不能完全听懂，但也能看出她们热情闪亮的眸子中毫不掩饰的崇拜和爱慕。

对于我来说，这门课虽不像其他另外几门那样挑战重重，却也并不轻松。我们时常要在课上做一些测验，而让我头疼的是，我每次都是交卷最慢的那一个，因为我甚至连题目中的一些词都没见过，所以那些题我读不懂，更没法答，只能空着。等到所有同学都交卷走人了以后，我还在哭兮兮地猜那些词可能是什么意思。

但有一次等大家都离开后，杜恩教授突然起身走过来，坐在我对面，一个词一个词地解释给我听，帮我理解题的意思，使我不会因为误解题意而失分。

这是我们之间经常出现的场景：大家都走干净了，我咬着笔，他坐在我对面给我讲解题目，见我还是一副似懂非懂的样子，就改用最简单的词给我掰开了揉碎了地讲，还不时说：“我昨天课上不就是主要讲这个概念吗？我看见你记笔记了……所以围绕这个概念答就不会有错。”或者问：“这个词的近义词在选项中是哪一个啊？”“……C？”我探究性地望着他。然后看他一副不置可否又带点后悔的表情我便强掩着兴奋填上了答案。就这样，他好几次讲着讲着就把答案告诉我了，让我对他的热爱更加坚定了。

和其他教授不同的是，他的课堂上天马行空的讨论和即兴话题最多。当时2008年的美国大选正在如火如荼地进行着，我也时常能听到我的美国同学在课前讨论。在奥巴马刚刚当选的那段日子里，因为大家都是选民，都投过神圣的一票，所以又在课堂上提起了这件事。

这次杜恩教授任大家各抒己见直到下课，然后请每个人回去写一篇对奥巴马当选看法的论文，不能少于15页。这是自开学以来第一次与书本内容无关却依然算作分数的作业，而且没有标准答案。这下课堂上争论得意犹未尽的美国同学们全都满意极了，个个都摩拳擦掌迫不及待，看起来都有一肚子的话要说。

而我这个凄苦的外国人，奥巴马拉选票的时候我正为了申请美国留学而拼命呢，根本不了解竞选的种种。而且同学们讨论的大都是政治和历史方面的问题，有很多专业名词，我只能听个大概，15页的论文根本侃不出来。

正在眼看着离截止日期越来越近我却还一笔未动愁得不知如何是好的时候，突然在某天晚上准备睡觉时如电光石火一般，我灵机一动，想起此前曾经读到的奥巴马竞选时候的一件小事：

当时以奥巴马和拜登为候选搭档的民主党和以麦凯恩和萨

拉·佩林为候选搭档的共和党，正在进行激烈的大选争夺战。双方背后的幕僚们恨不得掘地三尺挖出对方历史中的污点或是人格上的缺点，以便在关键时刻给对方致命一击。

然而就在这时，有媒体爆出一个惊人事件：共和党副总统候选人佩林 17 岁的女儿未婚先孕。在这个时候爆出此种消息无疑是枚重磅炸弹，炸得共和党内一片难堪的沉默。佩林本人更是灰头土脸，因为她自己是个坚定的早孕反对者，而现如今，大家都看得清清楚楚，一个连自己女儿都没能力管好的人，凭什么让人相信你可以管理好一个国家呢？但此时此刻民主党人士和奥巴马的支持者都兴奋无比，认为这是一个天赐良机，希望奥巴马向佩林发出强烈抨击，以便在人气上更胜一筹。

这一天记者终于截住了奥巴马，问他对佩林 17 岁女儿早孕的事情怎么看待。当全世界的媒体镜头和目光都集中在奥巴马身上时，只见他轻轻地摇了摇头，说："我想要说的是，我母亲在她 18 岁时就生下了我。"

喧闹的现场一片沉默，所有人都没有想到奥巴马会这样回答。这相当于在替佩林和她的女儿辩护，甚至有可能会牺牲自己在支持者眼中的选战形象。他有很多种回应可以选择，却给出了这样一个高尚的回答。当所有政界评论家和幕僚分析师们都瞠目结舌甚至扼腕叹息的时候，调查显示奥巴马的民众支持率直线飙升。美国人民亲眼看到了奥巴马对待竞争对手的宽厚，在那一刻，他们心中的选票已经有了去向。

我当时被这个故事深深地打动了。现在想起来，激动得我连觉也睡不着了，起身开灯，就以这件小事为切入点开始写我的作业，成功绕开了我所不熟知的美国政治和历史。

那一篇作业赢得了杜恩教授由衷的赞赏，他纠正了我文中的语法和拼写错误，然后作为范文上传到班级网页上，供大家点击阅读。这是我来美国后第一次在英语写作中获此殊荣，简直令我受宠若惊。然而更让我高兴的是杜恩教授给出的评语，因为我觉得那是对我价值观的高度肯定——在拿回的已阅论文上面他划出了这样一句我文中的话："……智者的宽厚才能赢得他人的尊重，而拥有权力和金钱只能让别人惧怕你"，并在旁边的空白处写上："宽厚才是真正的力量。我无法更加赞同你。"

随着日子一天天轻舞飞扬，我心里面对杜恩教授越来越亲近，也和其他美国同学一样总找他聊天。在他面前我总是可以无所顾忌地说出心中的想法，丝毫不必担心我"异域风情"的语法和发音，甚至还在他几乎欠缺原则的夸奖和鼓励下找到了说英语的最佳感觉。

有一次无意中谈到旅行，我一下子兴奋了起来，因为上帝做证，我最大的梦想就是千山万水走遍，去看得最远的地方。

正当我大谈特谈对旅行的向往时，他第一次若有所思地盯着我，说："我跟很多的中国学生交谈过，他们关心的都是如何在美国找到好的工作，或是将来在事业上能有什么发展，而你讲的都是玩"。

那一刻我尴尬万分，他看出来了，立刻说："我非常欣赏你这一点，你懂得享受你的青春。"接下来他和我说的话我一生也忘不了："我希望你毕业后，先去你想去的地方，再去你该去的地方。我希望你能在最好的时光里，做最心甘情愿的事。"

就是这两句话，看似简单却影响我至深。后来我几乎走遍美国，在体力最强、心也最开放的年纪将流浪的冲动和美感体验到极致，并经历了无数个天涯旅途中撼动我心、千金不换的时刻，这都完全得益于他最初对我的影响。

是他让我明白了，虽然对于流年飞逝我无能为力，但至少可以做到让青春无悔。如果 20 岁的时候再得到 5 岁时热爱的那条花裙子，70 岁的时候终于有勇气向 17 岁时热爱的那个人表白，那又有什么意义？——裙子你已经穿不下了，爱过的人你也不忍心再看了。同样，在最有激情去远行的时候你按捺住了，错过了，那么就算多年之后再有机会踏上那条年少时梦牵魂萦的山径，你也会悲哀地发现，那林中已不再充满湿润的芳香，满天星斗也不能再使你流泪。

所以我一直记得，在最好的时光里做最心甘情愿的事，因为什么都可以从头再来，唯有青春不能。

日子久了，我发现杜恩教授不但睿智，而且非常富有童心。有一次，我们班的一个男生在一项校园竞赛中获得了名次，奖品是一个非常逼真的巨大的充气鲨鱼。这个男生把这一奖品送给了杜恩教授和全班，这样每次上课的时候这个大鲨鱼都陪着我们，悠闲地飘浮在教室里，成为了我们班的一景。

后来这个男生由于背部要动一个手术，比较严重，不得不停课回到北卡罗来纳的家乡。

等他痊愈后再回到学校的那天，大家一起热烈鼓掌，杜恩教授突然掏出手机来按了几下，只见那个鲨鱼的尾巴居然开始奇迹般的左右摆动起来，然后竟然掉头朝这个男生“游”来，好像在欢迎他。掌声中很快爆发出一阵阵惊呼，大家目瞪口呆，谁也不知道杜恩教授是怎么让鲨鱼“游”起来的。

后来才得知，杜恩教授念硕士学位的时候除了大众传媒，还攻读过电子科学，他把鲨鱼带回家改装了一下，在其尾巴和身体连接的地方安装了一个小马达，还装上电池，并用手机中的程序来控制它前进的方向，为的就是在这一天给这个男生一个惊喜，庆祝他手术顺利，又回到我们中间。

那个男生完全没有料到，他站在门口先是目瞪口呆继而又激动大笑的样子给我留下了深刻印象，我不知道其他同学，但我确信这是我从小到大经历过的最有童心的老师，没有之一。

然而他除了童心童趣，还永葆激情。你可以相信我，有一种人，他本身就是生命力，你每次和他谈完话都觉得心潮澎湃人生充满希望，他对任何事情都感兴趣，我从未见他困倦过、颓废过。现在流行一个词，叫“正能量”，杜恩教授就浑身充满了这种能量。从他身上我能感受到，没有什么能比对生活的激情更重要的了，就像他曾经说过的一句话那样："无论你们在未来的生活中想要做什么，都请保持你的激情。"这是个太好的建议，不是吗？我们这个世界真的不需要更多的沉闷了。

想当初刚到美国的时候，由于是平生第一次离家万里之遥，我的情绪极其低落。有一天上课时不禁一边走神一边偷偷掉下了眼泪，自觉没人发现，就把脸扭向窗外默默宣泄了一会儿。结果下课要离开的时候被杜恩教授叫住。那一天，我在他了解的眼神里大放悲声，把"作业写不完值班又不能不去再这样下去我要崩溃了"等种种废话全部吐了出来，直到在他关怀而宽慰的劝解声中渐渐止住哭声，擦干眼泪，又打起精神重振旗鼓。

从那天之后，我习惯性地找他倾诉，而他每一次都放下手边的事，专注倾听着，从来没有敷衍过我，也从未看轻过我的忧愁。

然而，直到快毕业的时候我才知道杜恩教授生活的真相，他曾有一个非常相爱的妻子，一位年轻高雅的韩国女士。他们琴瑟和谐，深深沉醉于这份吸引和对彼此的欣赏中，并约定相伴一生。然而，她给了他生命中最好的日子，却在一场意外车祸中仓促离开，从此留他一人徘徊在岁月的无尽荒原上。他们没有孩子，没有至亲，她是他在这世间唯一的爱和依靠。

在最初梦魇一般的日子里，他曾把自己完全封闭起来，拒绝面对，更无力承受命运的如此不公。他无法思考，无法冷静，只有不停地质问苍天，甚至诅咒。那时的他只想留住每一刻与她的时光，他仿佛忘记了岁月还在流向远方。然而，每次在回忆中寻找她，都像经历了一次痛彻心肺的流浪。在巨大无边的黑暗和疼痛中不知苦苦挣扎了多久，终于有一天，他独自一人来到他们最初相识的地方，流着泪感谢上帝，感谢他给了他四年金子一般有她的时光。

在意识到自己不能在大悲伤中懈怠下去后，他设定了无数目标，自我救赎。可在努力达成这些目标的过程中他依然痛苦，因为只要一想到这些目标就算实现，最想与之分享喜悦的那个人也已经不在了，一切都因此而失去了意义。然而，他没有停下来，因为他绝不能眼睁睁地看着自己在失去寄托、失去期盼的生活中一点点被吞噬掉。

他建立了以她的名字命名的奖学金（我们系里的“琳达奖学金”）；他到处帮助别人，从不吝惜自己的能量；他强打起精神，努力变得更好，因为他坚信她还在天上注视着他——被这么好的人爱过，他不能不珍惜自己。他开始付出双倍的精力，同时替两个人生活，他不再愤怨、不再沉溺，而是重新开始希望——希望能给年轻的学生在人生的道路上点一盏明灯，希望能给需要帮助的人一个有力的臂膀，他希望能对得起那段将在漫长余生里奔腾不息的过往，他希望有一天能无愧站在她的面前。他是希望的坚定追随者，即使生活给了他大苦难。

这就是杜恩教授。知道了这一切之后，再回想起他的童心和依然温和、神采奕奕的眼睛，我就觉得无限感动。除了写作课，他还教会了我人生的重大课题，他鼓励我享受青春的话让我最好的岁月没有留白，心中的风景从此完全不同；他教我学会了尊重别人的痛苦，哪怕和自己的比起来非常微小；也是他让我知道了，在岁月的无情磨砺中还依然童心未泯和怀有激情是一件多么珍贵的事。

我似乎突然间明白了为什么那么多女生都爱慕他的原因——如果我为一个男人沉醉，也会是因为他沧桑的经历，和依然热情的心。

然而最重要的，他还教会了我希望对人的作用。他见过真正的黑夜，还没忘了黑夜里闪烁的星星。

这么多年过去了，想起他总能让我想起一句话——“唯有纯真者能够相信”。世上有太多受过一点儿挫折就再也不相信梦想的人，我甚至见过非常年轻的人不再相信爱情，而在生活的巨大苦难和命运的狰狞玩笑下，他却没有像很多人那样放弃信仰、一蹶不振，而是依然盼望，依然相信——不是因为别的，而是他有一颗珍贵的、真纯的心。

唯有纯真者能相信。亲爱的杜恩教授，除了“饶舌的试衣间”，这句话也是写给你的。

这件事，让我成为了整栋楼的英雄

学期快要结束的时候，天气也变凉了，我和所有人一样进入到紧张的期末备战中。有一天早上我像往常一样淋浴的时候，却发现水越冲越凉，到最后不得不裹着浴巾出来，哆哆嗦嗦地等着它重新变热，可不管怎么试，水就是冰凉的，可怜我已经搽上了泡泡的洗发露，只能咬着牙在冰水里洗干净了头发。

出来以后我冻得脸色发青，牙齿格格打战，在一大清早还没醒明白的时候被冷水浇了这么半天，心里别提多窝火了，冬天里的热水澡本来是让人头脑放松、恢复精力的，可我现在却头痛难忍、全身僵硬，在这种紧要关头感冒了可不是闹着玩的。

问了其他宿舍的同学后才知道，原来整个楼层的水管都出了问题。但不知怎么，靠近东面的房间情况要好一些，而越往西面水温越低（也就是我宿舍这边），几乎从头到尾都是凉水。

学校里的工人来维修后，当晚东面立刻安静了，没有一个人再抱怨。然而对于住在西面的人来说，问题等于根本没有解决，因为包括我在内的所有人依然在忍受着凉水的煎熬。那些天，最让我烦心和焦虑的不是即将到来的各科期末考试，而是那晚上洗了就别想睡、早上洗了感觉一夜都白睡的冷水澡。

但是，我却一直没有再催施工队，因为他们许诺很快会来一次彻底检修。但眼看一个星期过去了，一点要来检修的影子都没有，我好几次想当面找他们理论都忍下了，一个是因为期末太忙，夜里十二点前睡觉都奢侈，没工夫也没精力总为这事跟他们较劲，然而更重要的是，我独在异乡为异客，总不希望和他人发生矛盾或冲突。我知道这边的所有人都和我是一个想法，而一个更为现实的原因是，住在西面的外国留学生居多，很多人在语言沟通上非常发怵。

事情就一直拖着，直到有一天我下课回来刚出电梯间，就听见好几个工人嗓音很粗的说话声，我急忙跑过去，结果刚一拐过弯就听到他们在说："你得多放一会儿水，先开始不热，后来就热了……都是这样的……如果下周还不行的话，我再派人来检查。"那几个同学都没声儿了，眼看又要放水。

我明白是怎么回事，施工队懒得彻底检修，因为大部分房间的水温都已经可以了。现在听到他们又在敷衍，忍了那么多天冰水的我气儿不打一处来，三步并作两步蹿到他们面前，对着其中一个看上去好似负责人模样的人就说："打扰一下，先生。这件事我们在一个星期前就已经向你们说明了，要是靠‘等’能等来热水的话，这一个星期也应该等来了。你们应该很清楚问题不是出在所谓‘放水时间不够长’上，而是另外一个需要你们彻底检修后才能确定的原因。现在是冬天，又是期末，我们不能生病，可每一刻从浴室里出来的瞬间都是噩梦，我的舍友在每个月的那几天里，还得用这种冰水……你确定你知道她在忍受什么吗？……”说着说着，我发现了两个问题，一个是什么时候我的英语已经溜到可以吵架了；二是他们都开始慢慢安静下来，全部专注地望向我，表情非常严肃。

我宣泄完的一瞬间，人群那么安静，我甚至能听见自己的呼吸声。不知过了多久，那个好似负责人一样的高个子突然开口了，他问我：“你叫什么名字，住哪间宿舍？”我的气焰一下子没那么高了，心里飞快掠过一丝不安，他们是不是觉得我的态度太粗暴了，想反映给我的宿管呢？学校里还有专门掌管留学生事务的部门，这个负责人是不是也认识那里的老师呢？

这些念头在我脑子里纷乱地穿梭着，然后被迫回答了之前的问题——很不幸，我在仓促中说出的总是实话。人都走后，我一个人在宿舍里郁闷到内伤，心想大家都能克制住，为什么我非要逞这个能呢？现在整整一个学期留给大家的好印象全都白留了，我懊丧不已。

第二天晚上下课后，我拖着疲惫的身子回到宿舍，刚进门就发现我舍友的留言：“亲爱的，快试一试——水是热的！”我顾不上发愣，当下直奔洗手间，拧开喷头，热腾腾的水畅快地流了出来，这下我惊喜万分，赶紧洗了个澡。在忍受了将近一个星期的冷水折磨后，洗上一个香喷喷热乎乎的热水澡简直是妙不可言。我感觉头脑清醒，精神百倍，可怎么也想不明白究竟是什么让施工队的态度转变如此之大。本来还敷衍推脱的问题，现在居然已经解决了，而且还如此神速。

但随着后来在美国生活的时间越来越长，我逐渐开始了解，美国人其实并不反感有点“冲”的人，比起东方人讲究的“委婉”，他们似乎更喜欢或是说更欣赏直截了当的人。如果你有明确的目的和充足的理由，那么表达出来是最好的方式。我当然不够淑女，但也引起了他们的足够重视。只是从未想到，这种东西方文化在交流习惯上的差异，竟使我歪打正着地摆平了一个困扰大家多时的大难题。

这件事让我成为了整栋楼的英雄，电梯里居然有不认识的人对我笑着说谢谢。

自此冬天变得好过多了。如果你问这件事带给我的最深感触，我会告诉你：伊曼努尔·康德曾经说过，有三件东西有助于缓解生命的辛劳——希望、睡眠和笑。

而现在我还要加上一样——你猜对了——热水澡。

我的青春在远方

狂轰滥炸的考试周开始了。

每个人都在圣诞节前夕的浪漫氛围中眼窝深陷，殚精竭虑。考过几门之后，我自觉还应付得来。但唯独开学所上的第一堂课，也就是本为二年级的学生而设而我选错了的那节课，却在例行笔试之后又别出心裁地安排了一次分组讲演，内容是美国的研究生如何写好论文以及不同语言文化对于交流的影响。

这次讲演的意义非同小可，因为成绩最好的小组可以获得本学期唯一一次期末考试加分的机会。由于这门课之前的笔试非常难，所有人都希望通过这次讲演而获得加分。

我更是压力巨大，因为这还关系到小组里的其他四名成员，我绝不能因为我一个人而影响他们的成绩。那些天我夜夜泡在图书馆里，查阅无数资料，前后列了不下十余个提纲，又最终扩充为饱满的文章，还琢磨每一个词的发音和语气，直到背得抑扬顿挫、十分流利。

可那天一到教室我就呆住了，所有人手里都拿着厚厚的稿件，而我竟以为讲演应该是脱稿的因而成了全班唯一一个没带稿的人。看着一些成绩优异的美国同学还拿着十多页的稿子认真翻阅，我左手握着右手，真恨不得手里捏点什么。

轮到我们小组时，我最后一个说，算是总结发言。我两手空空地走上台去，转过身来面对全班同学和教授，深吸一口气，开始发言。

但可能是因为之前准备得太用心了，我在说的时候才发现所有的内容都早已深深地印在我的脑海里，我由最开始的有些紧张而逐渐变得思路清晰、侃侃而谈，不仅一字不忘，甚至还现场发挥起来，提问了讲台下的好几位美国同学。等讲完时，所有同学和教授都对我报以长时间的热烈掌声。

公布结果时，我们小组毋庸置疑地获得了这门学科唯一的期末考试加分，而我的总结发言竟是全组得分最高的部分！我们全都兴奋至极，大家击掌相庆，第一次尝到了因为共同努力而一荣俱荣的滋味。

我更是心潮澎湃，因为一切的付出终于开始得到回报。我转过头去望教授，他也正在看着我。我们对望着，然后我看到了他眼底闪耀着的——骄傲。

至此我在美国的第一个学期大获全胜。

走在校园小径上，回想起自己第一堂课后在黑暗的宿舍里坐了整整半宿决定奋斗的样子，不由得感慨万千。梦想的力量真大啊！我跌跌撞撞也走到了现在。

就在这时我无意中看到一架飞机划破碧蓝的天空，呼啸着向远方冲去。强劲的西风中，我伫立着望着它，突然不由自主地举起手来，忘情地挥舞着。当我意识到的时候，已经有迎面走来的美国男孩儿对我微笑了。我这才惊觉，心底那份燃烧的思念，这架从我头顶呼啸而过的飞机已经在那一瞬间成为了我的寄托，把我的思念带走了。

不禁想起了那个刚刚过去不久的夏天，那个临行前一夜未眠的深夜，还有妈妈是怎样始终背对着我，借着为我整理行囊而泪水长流。盛夏喧闹的首都国际机场，你站在人群中，那么孤单。

眼泪冲上来的瞬间我明白，这世上绝大多数的爱都是以聚合为目的的，然而只有父母对儿女的爱却是以分离为目的，他们用心哺育我就是为了有一天我的羽毛足够丰盈到有能力远离呵护、独自高飞。

我知道，我不会再动摇了。不应该自豪吗？我的青春在远方。这个世界上有一个问题，从没有人能确切地知道答案，那就是人究竟是否会有来世。那么既然如此，就让我把这一辈子当作仅有的一辈子来度过吧，不断地去探索、去改变、去尝试，原地只能开出毫无新意的花朵，而远处的森林里，有河流，有歌声，还有永不会出现冬天的王国。忘了谁说过，起起伏伏，总好过十年如故。

不知过了多长时间，遥远天边开始一点点褪去晚霞的金色，薄薄的暮霭缠绕上来。地球这边温柔的黑夜开始了，而那边，新的一天也要拉开序幕。我想着那样熟悉遥远的家……天暗了，我却要对你说早安。

这时在暮光中，一只不知名的白鸟突然腾空而起，弃巢而去，决绝地飞向远方。我呆呆地望着它的背影出神，直到它在我的视线里变成一个洁白的小点，又渐渐融入天际。我还在望着。

那出巢的鸟儿，眼里是否都隐含着泪呢？你扑打着丰满的令人艳羡的羽翼，要飞向属于自己的那片天空时，那一幕虽然成了旁人眼中的美景，却不知你心底对这巢的眷恋和不舍。

但你又是那么坚忍，咽下泪水、迎着长风，不管前方山河湖海，荆棘坎坷，只管展翅飞翔！

Chapter 3

身在异乡为异客

人似乎必须要亲身为自己的选择失去一些珍贵的、永不能重来的东西，

才能够在回首的时候真正成长。

这就是成长的必然代价，

于是，鲜有青春不留遗憾、初恋不留忧伤。

大麻、酒会，美国式的青春放纵

再开学的时候，目之所及已不再是冬日的阴霾和萧瑟，相反，风中闻得到春天的味道，有着让万物复苏的巨大能量，一切都因为崭新而充满希望。

这时我温柔解人的法国舍友莉莉已经处理完毕业的一切相关事宜，即将返回梦幻巴黎。我对她依依不舍，留了她在巴黎的住址和电话，还送给了她一块珍藏已久的中国玉坠。她走以后，我旁边的房间空了很长一段时间，直到搬进来一个热情似火、光艳夺目的美国女孩。

但那天并不是她第一次惊艳到我。我第一次见她是在校外的一家小餐馆里，当时我和我的同学们正准备吃午饭。

正当我们集体研究菜单的时候，门外走进来一个身材高挑匀称的金发女孩儿，只见她穿着短得不能再短的牛仔短裤，裸露的皮肤是被南部阳光热吻后的甜蜜棕色，若有似无的香水味随着她走近而充满诱惑。

我身边的一个男生下意识地抬头看了她两眼，旁边立刻有人唯恐天下不乱地说："Hey，你都已经有瑞秋了！"瑞秋是他的女朋友，并不在场。这下大家全都促狭地笑望着他，结果他立刻说了一句让一桌人都忍俊不禁的话："Well，虽然我已经点好了菜，但并不能证明我不能继续看菜单了。"

经典的美国幽默，符合时宜又带着智慧。而那个女孩也因此给我留下了深刻印象。不久后的一天，我下课回宿舍时看到有人正往隔壁的空房间里搬东西，一头金发，曲线毕露，我一眼就认出了她，才知道她就是我的新舍友。

当下自我介绍后得知她叫Taylor，来自亚特兰大，是艺术系的学生。但除此之外，随着渐渐熟悉，我还发现了她另外一个很重要的特质——一个不折不扣的"party animal"（派对动物），每个周末都惊艳亮相，打扮得性感诱人，去参加各个学院的派对，不到深夜绝不班师，有时甚至是天亮。

有一天凌晨，我迷迷糊糊地去洗手间，刚进去就听见隔壁房间里传来一阵奇怪的声响，好像是女人断断续续的啜泣声。这种尖利的啜泣声在暗夜里听来格外清晰而恐怖，本来一半梦里一半梦外的我被彻底吓醒了，心脏狂跳不已。

但由于我们宿舍的标准结构是一间公共卫生间连接着两个独立

的房间，所以我知道对面的哭声不可能来自于别人，而只可能是我的新室友 Taylor，这么一想就稍稍定神了一些，心也不再像刚才那样几乎要蹦出胸口。试着推了下卫生间对面的门，没想到竟是虚掩着的，我轻轻地探进头去，想看看究竟发生了什么事。

在小壁灯幽暗迷蒙的光线下，我看到 Taylor 正靠着墙坐在地上，头发散乱，表情哀恸，平日里精心描绘的眼线和眼影此时此刻被泪水糊成了一片，白皙光润的脸颊上也被冲刷出了两道淡淡的黑印，很像好莱坞电影中刻意塑造的那类失意美人儿。此刻她的眼睛虽然望向我，但眼神却非常迟钝，好像在努力集中涣散的思维，好辨认出眼前的人是谁。

这时一阵凉风吹来，我不禁打了个寒噤，这才发现她的窗子竟是大开着的，怪不得我刚一进门就觉得好像直接站到了阳台上。虽说现在已不再是冬天，但春寒料峭，这初春深夜里的风也依然吹得人瑟瑟发抖。

我缩着肩膀走过去，替她把窗关严，又把百叶帘细细地放好，然后回身蹲下来握着她冰凉的手说：“Hey Taylor, 是我。你没事吧？”这时她像是认出了我，也反握着我的手，一个劲儿地说自己很好，但湖蓝色的大眼睛里充满茫然，好像神志不清一般，我心想她这回是真喝多了。看着差不多只穿了一件内衣的她，我把床上的一条毛毯抱过来，像裹粽子似的给她围了个严严实实。等我做完这一切之后，她仍然无法完全停止哭泣。然后我轻轻地带上门，不再干扰她的情感宣泄。

第二天我几乎睡到了中午，刚爬起来就听见有人敲我的房门。打开门来一看竟是 Taylor，这时的她已经恢复神采，装扮整齐，洁白的翻领毛衣配紧绷绷的浅蓝牛仔裤，看起来清新又美丽。她有点腼腆地冲我笑了一下，说很抱歉昨晚吵到我了，非常感谢我对她的照顾。望着面前这张无比青春无比娇媚的脸，我暗自感叹酒精的力量竟如此之大，此时此刻的她和昨晚那个衣衫不整、瘫在地上茫然哭泣的女孩简直判若两人。

周末，她一定要邀请我和她的朋友们一同去参加 party，我刚为难地说出我还有很多功课没有做，就见她的一个朋友情不自禁地皱了一下眉头，奇怪而又认真地看了我一眼说："今天是周五，周五你为什么还要写作业？"

禁不住他们的屡屡劝说，加上我确实没有第一个学期那么紧张了，我生来强烈的好奇心苏醒了，也想看看在红尘滚滚的美国，和我一般大的孩子是如何度过他们的青春的。

我们驱车开往校内一家人气很高的酒吧，快到的时候，远远就看见门口的路灯下聚满了手里拿着啤酒塑料杯的男孩女孩，高声谈笑着，我还没走到跟前，就已经听到从里面传出的震耳欲聋的音乐声，在这个躁动的春夜里充满着动感与活力。

门口，一个浅棕肤色的混血女孩非常热情地跟我飞吻打招呼，当时她正坐在一个白人男孩的腿上，一只手亲昵地勾着他的脖子，纤细的腰肢还随着音乐很有节奏地摆来摆去。在确认从没见过她之后，我还是笑着回应了她。她那么快乐、那么放松，让我相信即使不是我，而是这时走过来的任何一个人，她都会如此兴高采烈地招呼他（她）。

一进门，一股浑浊的热浪扑面而来，混合着香水、汗水和酒精的浓烈气味，一下就把我的头搅晕了。里面的舞池挤满了人，每个人都酣畅淋漓地随着音乐疯狂摇摆着，有的人虽然在大声笑闹着，但明显已经双眼蒙眬了。这时 Taylor 突然认出了什么人，扑上去和他们亲热拥抱，并把我介绍给他们。而我必须贴在每个人的耳边竭力喊出我的名字，否则对方根本听不见。

整个场面热烈动人，但是几乎无法交谈。随着午夜临近，人越来越多，不同肤色的女孩们精心妆扮，一个比一个惊艳亮眼。我发现只要女孩子们都打扮起来的地方就显得格外有生气，连空气中都弥漫着不同以往的兴奋的气息。但可怜我这个已经习惯了平时一人在空旷宿舍里学习的凄苦海漂，被迫每隔十几分钟就得挤到门外去吸氧，然后再穿过水泄不通的过道艰难地挤回到 Taylor 身边。

就这样到了大约深夜两点多的时候，朋友们突然决定往出走，我跟在身后，觉得也喝得差不多了，毕竟再闹下去就要后半夜了。但谁知出了门之后他们却又发动车子往校园外开去，我刚提出异议，Taylor 就很神秘地制止了我，说刚才的都不算什么，真正的 party 从这一刻才刚刚开始。

车驶进了一个富人区，四周很安静，一栋栋优雅别致的白房子在高大的树影中若隐若现。我们一直沿着一个小湖开，最终停在一幢透着微弱灯光的二层小楼前。

进去后才发现里面已经有很多人席地而坐，但音乐声并不是很吵，跟十几分钟前挑战耳膜极限的疯狂噪音形成了很大对比。室内充溢着一种奇异的温存的氛围，每个人都是一脸迷醉。我们也加入后，我才明白 Taylor 所说的“真正的 party”是什么意思——每个人都在吸食大麻。

反应过来的瞬间我有点震惊，但随后也就安之若素了。这是他们的文化，我必须尊重。在美国，年轻人吸食大麻十分常见，就好像小时候在北京，若是一个十几岁的男孩从没偷偷地和哥们儿一起吸过一支烟的话，那青葱岁月简直是太苍白了。北京男孩觉得吸烟很酷，在那些迫切长大的岁月里，一支烟就代表着成长——殊不知在美国男孩心中，对大麻刚好有着一模一样的看法。甚至很多人还认为大麻是纯植物的，比抽劣质烟强多了。

这时一个高个儿女孩在转身的时候不小心碰了我一下，还没等我有所反应，她已夸张地扶住了我，称我为“心肝儿”，然后开始不停地向我道歉，完全无视我已经说了不下十遍的“没关系”。接下来又开始滔滔不绝地向我描述她上个星期刚刚举办完的生日宴会、她家养的狗、她朋友推荐她约会时看的电影等数个完全不相关联的话题，状态非常兴奋。

我对面的一个棕发女孩从我进门的那一刻起就一直和身边的一个男孩耳鬓厮磨，眼神中充满温柔，好像有泪光闪烁。那种眼光就像是周遭的一切早已都不复存在，只有对面的那个人才是她的整个世界一样。他们彼此凝视着，在几乎能融化掉一切的深情中旁若无人地亲吻战栗着。

这时坐在我身边的 Taylor 告诉我，大麻不仅可以让人变得极度兴奋，还可以让人颇为情绪化，这对情人如此缠绵正是在吸了大麻之后，就如同她那晚情绪失控一样。我这才恍然大悟，原来那天夜里她的哀恸和哭泣并不是像我以为的那样喝醉了，而也是因为大麻的缘故。

在接下来的时间里，我亲眼看到一个男生在吸了大麻之后点烟点了足足有二十分钟，怎么也找不准对焦了；另外一个和我聊天的女孩无论做什么手都是抖的，而且这样近看之下，她一直在无法控制地轻微叩齿。

…………

那晚是我平生第一次见识大麻、酒会和美国式的青春放纵，后来又在不同的场合下见识过很多次。在美国，很多颇有成就的人如比尔·克林顿、乔治·沃克·布什和夫人劳拉，现任总统奥巴马等，都曾在年轻的时候有过吸食大麻的经历。据说克林顿还在 1992 年大选中面对记者尖锐提问时尴尬地补充一句：“我没有吸进去”，而现如今的全民偶像奥巴马却大方承认自己曾是不折不扣的“瘾君子”，并自创“完全吸入法”。

美国人非常尊重一个人“试误”的自由，也就是自我探索的空间，换句话说，越年轻的时候，似乎就越鼓励运用试错法，弄清哪些东西是真正适合自己的。甚至为了让今后做对的概率更大些，不妨前期多试点错的，这叫美国人观念里的“磨刀不误砍柴工”。

相对的，中国的家长就非常想避免孩子出错，恨不得把自己人生的经验全都兜灌给孩子，好让他（她）不走一丁点儿弯路，但美国人好似对这个没有那么如临大敌。

比起分数，美国人看重的是一个人的经历。如果你说你曾经在阿拉斯加的激流里射杀过大青鱼，或是同某位著名教授激烈争执到几乎要动手的地步，它对美国人的吸引力远远超过你无可挑剔的成绩单。

但既然是经历，就很难不包括错误的那些——你极有可能会在成长的过程中遇到错误的人，做出愚昧的事，甚至付出原本不必付出的代价，但这些都再正常不过。没有一个人可以在最初尝试的时候成功绕开那些所谓“坏”的体验，而只经历好的。你尝试的目的就是为了分清好坏，所以也只有试过之后才知道。然后，你就像修剪花枝，剪去枯萎的，留下美丽的，让你的生命更加丰富和坚韧。

至于大麻，我难以理解我的朋友们为何会如此着迷，至爱成痴。这就正如同他们至今无法理解我为什么依旧在每周五的晚上幽怨深闺地赶作业一样。但既然他们从没嘲笑过我，我当然也无权批判他们。

但是依然感谢 Taylor，是她带我见识另一种青春。完全任性、完全肆意，却因我做不到身体力行而只能一面安静一面渴望的另一种岁月。就像是金黄色的树林中分出两条路，我不可能同时去涉足，但只走一条又心有不甘。这时她出现了，带我在那路口久久伫立、极目远眺，指点一切可能遇到的风景，予我思索与感悟，然后目送我步履轻快地踏上原本的路，了无遗憾。

“男神”是如何炼成的

在美国住久了，你会不知不觉间发现很多男生都是健身房的忠实追随者。

刚到这里的时候，校园里迎面走来的几乎全是美剧男主角一般级别的梦中男神，眼花缭乱中我不得不开始编号：帅哥 1 号、帅哥 2 号、帅哥 3 号……直到自己也数乱了，大叹男色当道。其共同点是笑容甜美，身材健硕，属于介于男孩和男人之间的迷人混合体。

我有一个同班同学，非常高大英俊，肌肉线条尤其优美，就好像艺术博物馆里的那些古希腊雕塑一样无懈可击。但我能在班上见到他的次数非常少，因为据我所知他这个学期只修一门课，而其他时间全部用来安排做自己喜欢的事情。

一天下课我们刚好一起出门，回宿舍的路上他请我喝了一杯冰咖啡，随便和我聊着。聊了大约二十分钟，他突然看看表说得走了，因为接下来还得去健身，之后在自己所在的社区当义工，晚上还要带着他的中型犬沿湖边慢跑，然后再返回健身房完成当天的器械练习。我当时脑海中的第一个想法就是，天啊，他这个每学期只修一门课的人怎么比我这个连修五六门外加二十小时助教工作的人还忙啊?

然而他并不是唯一一个对自身要求如此之高的人。有我这些年在美国生活过的所有地方为证，不必进健身房，出门随便就能看到很多跑步健身的人，远比在国内见到的多。他们身体矫健，精力十足，年龄从十几岁到八十几岁都有，无论是热闹的城市街道还是空寂的海边栈桥，每时每刻都有人在奔跑着、努力着，哪怕有的已经挥汗如雨呼吸剧烈，但仍拼尽全力地达成自己的目标。

后来我发现，这其实是美国人的一种生活方式（女孩也如此，丝毫不亚于男孩），除了为“看上去更有魅力”这种显而易见的理由外，他们还相信：在意自身形象的人更易被他人认可，也更容易获得成功。因为真正的精英都是精力充沛、蓬勃健康的，不光是身体，更是一种精神，你无法想象一个成功人士瘫坐在沙发上，不去管腰上的脂肪，也不想世界正在发生什么，对美和爱都没有追求。

这不禁让我想起北京人嘴里常说的“精气神儿”，这股“气”，这个“神儿”，就是人类生活中一切创造力和灵感的源头，也是你是否还未对生活丧失全部热情的标准。

在美国这么长时间，我发现结交的朋友，无论是美国本土人，还是在这里生活时间长了的外国人，都有高度重视自身形象的意识。

每每看到那些活力四射的跑步或蹬车的人，我总是有种莫名的微微感动，这是我非常认可的美国观念。

关于它我是这么解读的——对于女孩来说，你是什么样的人，你便遇见什么样的人，所以亲爱的，你要更美好；而对于男人我要说，不能控制自己身材的男人不是好男人，只把眼光盯在女人身材上而不管自己有多难看，这种男人再有钱也不能要，因为他们不懂经营自身，而只会要求别人。

第一次处女航大冒险

对我个人而言，第二个学期无疑比初来乍到时要好过得多，而且更有盼头。因为美丽的夏天就要开始了，一切都生机盎然充满活力，也正是旅行的大好时机。我和几个中国朋友商定好暑假一到就整装出发，畅游向往已久的美国东海岸，启动来美后的第一次处女航大冒险，在学校与功课之外了解一下这个让我们不远万里追随着的自由大陆。

时光匆匆，昼夜交替，当得起一切溢美之词的暑假终于翩翩而至了。

我们的第一站就是红尘滚滚的纽约。飞机开始下降的一瞬间，首先扑入眼帘的是曼哈顿岛高耸入云的摩天大楼和落成时被认为是世界第八大奇迹的布鲁克林大桥，壮观得和八十年代红极一时的电视剧《北京人在纽约》的片头曲镜头一模一样！

出机场大厅的时候，来美后只知道学校图书馆和教室长什么样的我们都激动得满脸通红，不顾旁人的微笑侧目而一路尖叫着小跑出来。在我们眼里，纽约才是美国于我们最早的形象，有自由女神像的地方才是真正的美国。

我们住在时代广场附近的一家旅店里，安顿好一切后已是晚上了，但每个人都按捺不住高涨的好奇心而决定立刻展开大冒险。在询问楼下的旅店工作人员路线时，我问他现在出去是不是有点儿晚了，结果他把头摇得像拨浪鼓一样地回答说："It's never too late for New York. It's sleepless！"（纽约没有太晚，纽约是不夜之城。）

他说得没错。站在车水马龙的大街上，我发现这里不仅没有随着夜幕降临而变得行人稀少，反而似乎比白天还要热闹，我们乘上一辆被装饰得无比奇幻的豪华马车，被两匹好似欧洲中古战骑一样的高头大马拉着，向久仰多时的时代广场及其周边扬鞭进发。

一路上，无数巨幅的电子广告牌流光溢彩，大量耀眼的霓虹灯缤纷无限，电视式的宣传屏每隔数秒就疯狂地变换着色彩与内容，24 小时从不间断地播放着精致的广告短片。我好似无意间闯入了一个通向未来的科幻电子世界，不由被眼前这块豪富与艺术完美融合的疯狂三角地深深震撼了。

行至百老汇，几十家歌舞剧院和音乐剧场彻夜灯火辉煌，莺歌燕舞，播放着古典与现代完美结合的世界名剧和爵士、摇滚音乐。作为纽约标志的帝国大厦直插夜空，第五大道上 Abercrombie &

Fitch 的真人裸身男模令人过目难忘，再加上纽约最大特色之一的 24 小时巡逻警车不时呼啸而过，这一切的一切都让人眼花缭乱应接不暇。不同肤色、不同口音、不同种族的人们聚在一起，共同打造着一场世界级的时装模特秀，时刻提醒着你，这是纽约，全世界的中心，最奢华迷乱的曼哈顿岛。这里，商业的意义已经超越了让你自掏腰包的本意，而成为时尚界大师们一展身手、一争高下的舞台。我们目不暇接，频频惊叹，亲眼见识了这里的世界大同，爱本无疆，就连马车下方也不断有人跟你招手飞吻，让人热血沸腾。

据说新年时这里更加热闹非凡，每当灿烂的烟花照亮纽约的新年之夜，都会有超过 50 万来自全美乃至世界各地的人汇聚于此，共度不眠之夜。虽然我们来的时候正值盛夏，无缘一睹传统的新年倒数，但看到眼前的这一切，我也绝对能够想象出那一个瞬间的激动人心、艳冠群伦。

但是这个光鲜的城市也有着它无法抹去的伤痕。“9・11”事件发生后，当时造成的破坏和人心所经历的酷刑是无法用语言来形容的。巨大的双子塔从地平面上完全消失了，纽约从天堂变成了地狱，处处是滚滚浓烟和破碎的玻璃金属。

在此之前，纽约人曾被认为是冷漠自私的典型。但在这之后，很多人都承认，他们从未看到过那么一个被人性温情所笼罩着的纽约。无偿献血站的血库全部爆满，捐款点也拥满人群。从头到脚被灰土掩盖着的救援人员一次又一次地冲入滚滚黑烟，不停搜寻幸存者，他们中的很多人从此再没有出来。连总统布什都坦言他年轻时曾在纽约度过不少时光，但在2001年的9月之后，他才发现这个城市真正的魅力。

然而，最让我感动的是今天的纽约。它并没有因此而变得敌意重重，排除异族，而是依然开放，依然包容。就像是一个备受伤害的人，在经历了旁人难以想象的打击和伤痛之后，依然存留着的那么一点点温暖，和依旧不怀疑真情的一颗心。这样的纽约是好样的。因为真正需要强大的，从来都不是你的躯壳，而是你的心。

…………

到了第二天，我们直奔港口，迫不及待要一睹代表着“自由照耀世界”的自由女神像。登上游轮，碧波万顷，碧空如洗。我望着就在不远处的、铜绿色的自由女神像，想起当初有多少欧洲人，他们历经千辛万苦来到美国大陆，航行数月，与大西洋的风浪搏击，最先看到的就是矗立在艾利斯港口的自由女神像。通常是一个人激动地大喊：“看！美国！”然后其余人全都奔到甲板上，贪婪地望着这片他们梦寐以求的自由的土地。

而此刻我脚下就是滚滚的、大西洋的波涛，听着身边来自世界各地的人对美国永恒不变的惊叹和赞美，我也心潮澎湃地仰望着终于近在眼前的自由女神像。只见她穿着古希腊风格的长袍，高举象征着自由的火炬，左手捧着1776年7月4日颁布的《独立宣言》，脚下则是被打碎的镣铐和锁链。不言而喻，她象征的是一切受苦、奋斗而必将战胜的自由灵魂，她更是引领人们挣脱暴政奔向光明的圣洁天使!

当我们走下游轮，徜徉在美丽的贝德罗岛上时，我才发现女神像的底座其实是一个移民史博物馆，记录着这世上所有曾追随光明的人们的血泪、悲伤、担忧、憧憬和荣耀。然而，给我印象最深的还是镌刻在花岗岩神像基座上，美国女诗人艾玛·娜莎罗其的一首诗:“让那些因为渴望呼吸到自由空气、历经长途跋涉而疲惫不堪身无分文的人，相互依偎着投入我的怀抱吧！我站在金门口，高举自由的灯火。”

当我们心潮起伏、无比充实地回到曼哈顿市区后，正是一天中最热闹的正午时分。望着人潮汹涌的大街，一个朋友建议去中央公园度过接下来的时光，见识一下这个以闹中取静而著称的天堂花园是为何享有盛名的。

徜徉在中央公园里，你绝对想不到自己此时此刻正身处曼哈顿最繁华的闹市区，而会误以为是某个幽静祥和的欧洲小镇。所到之处，绿草成茵，鸟喧花静，深深吸上一口气，能感觉空气中的负氧离子特别足。环形步行道上，慢跑、蹬车和踩花样滑板的人比比皆是，平时生活节奏快到心脏打结的纽约人终于可以忙里偷闲，在周末花香馥郁的午后享受一下这市中心难得的净土。

放眼望去，不远处的人工湖上波光粼粼，被吸引而来的候鸟飞旋鸣叫，湖边金发的小女孩见我正手拿相机对着她，连忙挥手微笑，毫不忸怩。这一切的纯净和天然，美好与和谐，对于科技高度发达的现代社会来说绝对算得上是梦中天堂。我这才真正理解为什么电影《美国狂魔》中的男主人公在炫耀新买的纽约上城区豪宅时一定要加上一句："要知道，它的落地窗可直接面朝中央公园。"

就这样，从时代广场起，再到后来的联合国总部、大都会博物馆、纽约大学、华尔街、炮台公园、康尼海滩……在最初到达纽约的日子里，我们遵循着旅游手册，把里面力荐的景点全都去了个遍。

皇后区的地下脱衣舞厅

然而之后的一天，我们却误打误撞地进了皇后区的一家地下酒吧，并因此拥有了此生最独特的经历之一。

最先大家都是被对面街墙上的整片涂鸦吸引过去的，它用色大胆，浓墨重彩，在光怪陆离的灯光中更显出无比冲击的视觉效果。这种涂鸦艺术在纽约多处可见，难怪有人说，如果没有了涂鸦，纽约就不再是纽约了。但细看其内容，多半是性和脏话，也夹杂着许多政治口号。身边走来走去的人全都奇装异服，神情亢奋，我们跟着他们来到一个狭窄的门洞入口，然后顺着极其阴暗肮脏的楼梯向下走，直到进入一个黑暗的人头攒动的场地。

正在一片鬼影幢幢中不知所措的时候，突然灯光亮了，只见两个身穿比基尼泳装的高个白人女孩走上舞台，媚视全场。这时音乐一下子变得挑逗和暧昧起来，人群一阵骚动，所有人都尽可能地往前挤。我茫然地跟着人群，望着那两个姿色平平的女孩，不明白人们为什么这样疯狂。

突然一刹那间，只见她们同时把上身比基尼的细带子扯开了，随之露出白嫩饱满的胸部，这下人群仿佛炸开了锅一样地欢呼起来。我这才明白，我们无意中闯进的是一家地下脱衣舞俱乐部。

迷离的灯光下，只见她们熟练地拨弄着头发，选择着能体现自己身材优势的最佳角度，还迎着一双双被酒精烧红了的眼睛不时微微张开双唇，故意显出一副无知而性感的模样。但随着音乐中的歌词越来越直白露骨，她们的姿势和表情也开始充满挑逗，腰臀剧烈起伏的曲线和宽阔的骨盆让我身边的每一个人都望眼欲穿、兴奋不已。

在那一瞬间，我突兀地想起了萨马兰奇曾说过的一句话："人类有五种通用语言——金钱、战争、艺术、性和体育。"看着周围一张张肤色各不相同但都无比迷醉的脸，我不由得深以为是。

这时人群突然爆发出一阵前所未有的剧烈骚动，只见那两个女孩在音乐声的高潮中扯下身上最后一丝遮掩，而后在疯狂的掌声和口哨声中走到台边坐了下来，任凭一双双饥渴的手在她们的腿上和腰臀间不停游走，还做出一副沉醉而贪婪的表情。不能不承认，此时此刻她们浑身洋溢着的性魅力掩盖了平凡的姿容，使得原本貌不惊人的她们也忽然间变得妩媚诱人起来。

但我发现她们还是有一道终极防护，那就是——最重要的部位涂着荧光粉，在黑暗中一闪一闪的绝对不让你看清。

据说这些场所的卫生间你最好别进，尤其是男卫生间，因为全部是手纸堆积，满地狼藉。

经历了这一晚后，我在很长一段时间内都不由自主地想到她们的安全问题。当曲终人散，灯光熄灭，在这样一个蚊子和欲望都高涨不退的夏夜，她们将如何在归途中保护自己？这个问题一直萦绕着我，直到快毕业的时候和一个美国朋友聊天，才知道其实这些女孩在表演结束后都有专人护送回家，防止她们在路上被强奸或者被袭击。

这完全计划外的误打误撞让我平生第一次近距离地看到了脱衣舞真人秀，她们的风尘与奔放、浪荡与不羁，以及不可否认的美丽都深深震撼了来自古老东方的我。

也许会有人觉得这太过低级，继而觉得美国糜烂不堪。但其实也不尽然。我曾经读过一篇有关于西方社会和人性的调查报告，其中一个伤心人说的话让我至今难以忘怀。他并不年轻，对于自己频繁光顾脱衣舞酒吧，他给出的理由仅仅是："我想确认我还活着，还存有欲望，我还健康。"

不知道能否说服别人，但这个理由完全能够说服我。性是每一个人都需要的温暖，用来打败长期积累的孤独。所以一定程度的性欲望是人类生活中的无价之宝。人们都追求"无欲则刚"的境界，但当所有欲望都消失殆尽的那一天，没有人会不感到恐慌，因为那时你会发现，曾经无比相信的稚嫩后的成熟，其实只是凋亡前的衰老。

望着眼前这些专注的陌生的人，我发现我很难用简单的“好”“坏”来定义他们，即使多年后时过境迁，回国跟朋友再度聊起来，我也依旧无法说清。但是，既然纽约给年轻的我上的最重要的一课就是“包容”，就让我也暂且不做任何评判，权且接纳了吧。

午夜时分的伤心地铁

游走在纽约，每天都是文化盛宴和大冒险，但给我留下最难以磨灭印象的还是纽约的地下铁。相比起曼哈顿的奢华、帝国大厦的高耸入云和第五大道的纸醉金迷，你绝对想象不到地下是完全不同的另一个世界。

这里是城市的角落，掩埋着人们所不知道的故事。这里脏乱、破旧、阴暗、老鼠横行，古老陈旧的地铁设施常年失修，噪声大作。但要是没有了它，纽约这架飞驰的跑车立刻就会急刹车，留下700多万人在疯狂的交通堵塞中寸步难行。

据说在纽约，除了拥有私人直升机和加长林肯接送的世界级豪富，就没有不坐地铁的人。作为全世界最庞大的铁路系统，它为纽约成为新移民首选的落脚之地以及现如今这样一座海纳百川的伟大城市做出了不可估量的贡献。

地下铁都是有故事的地方，游荡着有故事的人——鱼龙混杂的行乞者，才华横溢的音乐人，躺在阴暗角落里不停往嘴里倒着酒精的流浪汉，还有简陋厕所里进行性交易和注射海洛因的苍白少年。在这里，尤其是深夜到凌晨，总有疲惫的无家可归者，一站又一站地随着铁轨茫然前行，只为有个躲避寒冷的容身之所。这时的每个人都笼罩在深深的孤独里，一人一世界，别人只能旁观，而不能打扰。

永远忘不了在离开纽约前的那个午夜，我一个人乘地铁回上城，车门打开的时候看到一个金发男子，正在空旷的大厅里拉一把小提琴。四周没有一个人驻足聆听，而他却依然那么沉醉而忘我地演奏着，仿佛已经完全忘了周遭的世界。

一曲终了，他终于停下来，疲惫地弯下腰，开始收拾摊在地上的东西。打开的琴盒里有几枚硬币，在白炽灯下闪着清冷的光，他慢慢地把它们装进上衣口袋。突然，我看到从他另一侧的口袋里掉出了一张相片，刚想上前提醒，却见他已经捡了起来，但并不急着收回，而是久久地凝视着。他疲惫的眼神不见了，我看到的是一双充满了温存和柔情的眼睛，而那张脸上是一片模模糊糊的伤感。然后他捧起这张相片，轻轻地吻了一下。

是他的孩子吗，抑或是曾经的爱人？至今我不得而知。但我永远都在猜测他的故事。纽约俯视苍生，看着一个又一个年轻的灵魂在这里爱恨离别，却仍痴情不改。虽然我和他也只是芸芸众生中毫无关联的两个人，甚而如今他的面容都已经在我的记忆中渐渐淡去，但他背起琴盒，大踏步走出地铁的背影总让我不由自主地想起海子的一句诗："答应我，忍住你的痛苦，不发一言，穿过这整座城市。"

当我多年后几乎走遍全美，再回想起纽约时，我发现，它是最初令我心动的，而当我阅尽万千景色后，却发现对它的感情依然特殊。那时的我还青涩懵懂，是它最先为我打开一扇窗，启蒙了我对于美国最初和最深的爱恋。那些擦肩而过的脸，自由神像下的狂欢与寂寥，还有几乎能看到世界上任何一种肤色的中央车站……我虽身在异乡为异客，但是纽约，谢谢你！是你曾让我感到宾至如归！

“在这里，先生，人民主宰”

告别了纽约，我们又赶往费城和华盛顿。

在华盛顿，我们登上了方尖碑的最顶层，俯瞰整个国会山的全景。据说这里是整个城市的制高点，无论从哪个方向来，游人第一眼就能看到这座象征着美国国父华盛顿一生伟业的纪念碑。四周的星条旗迎风飘扬，庄严肃穆，但整个碑身却没有一个字母，似乎在告诉人们，华盛顿一生的丰功伟绩和人们对他的爱戴早已超越了文字所能表达的。

从方尖碑下来，沿着美丽的镜湖，我们又来到了全美最巍峨建筑之一的国家档案馆。在这里，全部由钢筋水泥筑成的库房中珍藏着美国自诞生以来的所有重要文献。几十亿页的原始手稿，数百万份的图片、录音及电影胶片默默无言，却向人们讲述着美国今天所有复杂迷人之处的历史渊源。

在那里，我平生第一次见到了1776年《独立宣言》的原件。几百年下来，字迹都已经模糊不清了，但丝毫不减历史赋予它的光辉。面前的第一个展格就叫“自由之章”，下面写着“——美利坚民族的根基”，再下面是乔治·华盛顿将军的原话——“Liberty, when it begins to take root, is a plant of rapid growth.”（自由，当它开始有根基时，就是一棵茁壮成长的大树。）

除了《独立宣言》外，还看到了1787年宪法的原件。亚历山大·汉密尔顿对这部对美国乃至全世界人民都有着深刻影响的伟大宪法只有一句话的注解，那就是——“Here sir, the people govern.”（在这里，先生，人民主宰。）说实话，当时真的只剩下刻骨铭心的感动了。美国，一个由移民组成的国家，一个在处女大陆上筚路蓝缕建设出来的国家，她是怎样一步步经历了殖民与反殖民，奴役与自由，迷失与成长后走到了今天。也许，一切的原因都无法脱离那一句简简单单的话——“在这里，先生，人民主宰。”

最后，我们还拿起电话，一步步按照英文提示，听到了当年罗斯福总统与肯尼迪总统的原声！最厉害的是，这些对话原本都是绝密的，是总统当年与最信任的秘书或议员谈话时的真实录音，现在解密了，参观者也可以聆听。听着这来自风云历史深处却无比清晰的声音，在场没有一个人不激动万分。

接下来的几天里，我们还参观了白宫、国家美术馆、史密森国家博物馆、林肯纪念堂和朝鲜战争纪念堂等，每一个地方都让我眼界大开感触良多，但在离开时，真正予我以心灵震撼的还是波托马克河畔的阿灵顿国家公墓。

这座公墓就设在华盛顿市区附近，距方尖碑、国会大厦等地也就十几分钟车程，似乎在提醒着人们，这些为了美国独立、自由和民主而战的将士至今与人民同在，也理应享受他们用青春和生命换来的今日的一切美好与和平。

漫步在墓园内，感觉不到丝毫悚然与诡异，而就像是在公园中一样。一排排样式简单的白色墓碑和十字架延绵不绝，给人一种纯净、圣洁之感。这里埋葬着乔治·华盛顿、约翰·肯尼迪、二战陆军总参谋长乔治·马歇尔、南北战争时期南军总司令罗伯特·李等众多历史名将，以及无数在一战、二战、南北战争、越战、朝鲜战争及海湾战争中牺牲的年轻美国士兵，他们短暂而壮烈的一生在这里以一种静默而永恒的姿态，明明白白地向人们诉说着死亡所蕴含的勇气与奉献、信念与荣耀。

永生难忘，在靠近肯尼迪墓的地方刻着这样的字——In the long history of the world, only a few generations have been granted the role of definiting freedom in its hour of maximum danger, I do not shrink from this responsibility, I welcome it.（在世界漫长的历史中，只有那么几十年是被赋予了——在最艰险环境中为自由而战——的角色，面对这一责任我不退缩。我迎接它。）

站在黄昏深处的墓园里，我一遍又一遍地默诵着这智慧与勇气凝结的字句，似乎于无忧成长中第一次真正感受到了“自由”的魅力与代价。这漫山遍野长眠于此的人都曾毕生追求过她，不是吗？那些峥嵘的岁月，那些年轻的脸！有谁不希望荣归故乡，又有谁没有姊妹父兄同期盼，虽然最终他们还是忠魂一缕，湮灭在历史的漫天烟尘中，但是，愿所有曾为自由而战的陌生英雄们，英灵永存！

再见，永远的美国东海岸

在前往东海岸的最后一站波士顿时，我们全都兴奋得坐卧难安。

事实上，我在很久之前就已经对它期待满满了——打响美国独立战争第一枪的莱克星顿、波士顿的自由之路、西点军校的绝帅版军官，还可以跟着大船出海、看鲸……这一切的一切，似乎都满足了我心中对自由、帅哥和猎奇的至高向往，让我不由得提前就对这座城市预支了爱情。

而当真正身临其境后发现它果真魅力非凡。走在红砖尖顶的建筑群中，随意望向哪一栋都有上百年的历史，自由之路在鸽灰色的天空下蜿蜒曲折，示意着人们当初的美国就是沿着这一步步，完成了由英国殖民地到今天独立合众国的艰辛历程。

当保罗·里维尔（Paul Revere）的雕像近在眼前，当年两位爱国者快马加鞭向民兵报警的小道就在脚下时，我们已经身处古老的莱克星顿小镇了。这个原本美国马萨诸塞州的平凡村镇，因打响了独立战争第一枪而闻名于世，被称为“美国自由的摇篮”。

来到放第一枪的北桥时，天空正下着蒙蒙细雨。要是没有战争，这真是一个美丽的地方。树林在一片雨雾中绿得格外厚重和纯净，桥下湍急的河水也卷着被冲刷掉的落叶径自奔流。据说这里如今被保存得和当初的独立战争时期一模一样，数百年来从未变过。那么，此时此刻我眼前的所有一切都该是它原来的模样，我脚下正踩着的泥土路也曾在那样一个黎明前的黑夜被无数热血沸腾的人们争相奔踏过……轻轻抚摸着古旧的桥身，望着向远方自由奔腾的河水，我在一片难以言喻的激情涌动中，平生第一次体会到了钱穆大师所说的那种——“对历史的温情与敬意”。

第二天我们开车去了波士顿的“普罗旺斯”小镇，据说是全美最古老的小镇之一。当年五月花号登陆的海滩就在附近，送来了北美大陆的第一批移民。这里的地形从 GPS 导航仪上看像一个尾巴翘起来的蝎子，而这个小镇就在这个尾巴“尖”上。

途中经过了一片绿野，中间有一个欧洲风格的、白色的巨型风车，旁边是一条奔流的河，河岸上是大丛的芦苇花，风特别冲，但是纯净极了；候鸟成群，在低阔的天空中飞旋翱翔。这里曾是一个大磨坊，我当时就觉得磨坊主天天能在这里工作简直太幸福了。我仅徘徊了一会儿，就感到了前所未有的放松和宁静。

但从未想到，自那天一别之后，这旷野旅途中的惊鸿一瞥竟成了我心中再也忘不了的天涯。忙得天昏地暗的日子里，我只想逃到这里喘一口气；心灵枯竭的时候，我也渴望回到这里静静地坐上一天。在我悲伤的时候，我想来这里疗伤；当我快乐的时候，我又想来这里高歌。这么多年，这个意境深远的地方竟像一场流动的盛宴，跟随着我，庇护着我，无数次温柔接纳了疲惫而迷惘的我，替我洗去满身尘埃和倦意，再带给我新一轮如潮水般汹涌的美感与灵感。

到了小镇之后，我们先参观了当地的博物馆，而后又去了海边的灯塔。爬灯塔的时候已是傍晚时分了，里面的光线昏暗十足，黄色的光晕投在古旧厚重的石墙上——那上面刻着波士顿各个时期和各个地方的历史。古堡一般的封闭空间里透着一股莫名的压抑，好像时光在这里停滞不前了一样，这是百年岁月氤氲不散的气息，让人感觉里面有灵魂在游荡——我这么说出来了，结果被大家嘲笑了。但谁又真正知道呢？也许等到夜幕降临以后，灯塔锈迹斑驳的古老大锁一锁上，里面的灵魂就该交谈了。

离开普罗旺斯小镇后，我们又向享有世界顶尖学术声誉和影响力的剑桥大学城（Cambridge）进发。一路上不仅建筑成群名校云集，更有美丽的查尔斯河蜿蜒流过，所到之处水声滔滔，清风自来，滋养出了波士顿深深的人文气息。如果说河流是一个城市永远的脉搏，那么相信所有来过波士顿的人都会因为这条河的开阔隽永而对它印象深刻。

沿河边慢跑和健走的人络绎不绝，突然间我看到一个跑步的男孩背后写着一行非常醒目的字："我兄弟考上了哈佛！"我们赶忙超过他然后减速，刚想摇下车窗对他喊声恭喜，却看到他衣服的正面赫然写着——"因为不是每个人都能考上MIT（麻省理工）！"不禁失笑，这也许就是名校扎堆所产生的攀交与幽默吧。

但无论怎样，哈佛大学还是毋庸置疑地在世界上享有最高盛名。它的建立比美国建国都早，所以素有"先有哈佛，后有美国"之说。校园大得我们走了整整半天还没到头，纯英式的建筑随处可见，时时有一种置身于英国古老小镇的感觉，美国的繁华竟一丝没有。

在这里，你会感受到学术真正神圣的气息，没有金钱，没有势利，而是一种对知识的渴求和人在有理想时的纯粹混合而成的氛围，闪耀着人类从古到今一路走来所点亮的智慧与探索光辉。

在这里，如果你被任何一个路上擦肩而过或在书店里掩卷而思的女孩深深打动，尤其是当她对你微微一笑时，你眩惑于她周身那种由内而发的引人入胜的知性气质，让她的美丽并不空洞，请千万不要惊诧。欢迎来到哈佛！

最后一天我们终于盼来了万里无云，浪静风平，也终于可以跟着朝思暮想的大船出海看鲸了！船开了四个多小时后，繁华的波士顿港口早已不在视线之内，目之所及全是那样一片纯净的深蓝色，这是天涯海角的大西洋啊！美得那么天然、那么震撼，"海的女儿"一定就诞生在这里。

终于，在一片晴空下，我们都看到了野生鲸黝黑隆起的脊背，和高高举出海面的大尾巴，还有它们呼吸时喷出的白色水花。当时激动得跟着大家一起喊，嗓子哑了还浑然不觉。毕竟这不是在人头攒动的水族馆里，而是在大西洋的晴空下啊！

当离开波士顿的时候，每一个人都那么恋恋不舍，依依惜别。而当我在之后的日子里又奔向美国的西海岸，见识了阳光加州的洛杉矶、“行走的梦”旧金山、翡翠之城西雅图、大漠中的华厦拉斯维加斯等数个魅力无限的城市后，不得不承认，正如大多数人所认为的那样，西岸的风光确实比东岸更美，也更具娱乐价值。

但是，在我的心中，一直有一个地方，珍藏着最初的感动和感悟，在对的年纪，进入到我的生命，化作我的血液，并且永远不会离开我。

飞机终于升离跑道，向着细雨蒙蒙的天空冲去。在那一瞬间，我望着窗外渐行渐远的城市，默默地在心里告别着——再见了！波士顿。

再见，永远的美国东海岸。

我自以为保护他的墙壁，把他撞得头破血流

回到学校后，离正式开学还有一段时间，平常的一天傍晚我照例在个人网页上随意浏览，突然一条私密消息进入到我的信箱，打开之后竟是我一个许久不曾联系的昔日朋友，说要来休斯敦开会，离我们学校只有三个小时车程，问可不可以见面。

我自然非常高兴，连忙要了他的号码打过去，并很快商定好有关碰面的一切细节。然而接下来，我却突然不知该说什么了，可是，他连通了我一个许久不曾触碰的世界，那里面的人和事都随着我们交谈的熟稔而渐渐清晰起来，沉默半晌，我还是问道："他现在怎么样？"他也停了一下，然后说："还是那样，一个人。"放下电话后，我的心却再也无法平静了。

交谈中的"他"是我的初恋，也是此生第一次全身心付出的恋爱。不是小女孩的单相思，也不是由于寂寞孤单彼此取暖，而是平

生第一次用青春的热情去付出，去奉献。在他这里，我经历了什么是真正的“一见钟情”。那个人群中第一眼就疯狂吸引住我目光的身影，棱角分明的脸庞，深邃沉静的眼睛，让我像是被击中一样傻傻地站在原地，只听得到心在骤然狂跳。

他比我大，也比我成熟许多。一开始只是把我当作一个没长大的小女孩，然而他并不知道，正是这种像对待孩子般的无心呵护激起了我少女全部的反叛意识和征服热情——他越是把我当作一个孩子，我就越要向他证明我不是一个孩子。那个夏天，我把自然的粗眉修成了柳叶细眉，把毫无风情的直筒牛仔裤换成紧身超短裙，同时拆散束了多年的马尾辫，宁可在炎夏八月的高温中热晕过去，也要向他展示他所赞赏的如水长发。

那年的我 19 岁，是爱情中的野蛮生物，像原始森林一样枝繁叶茂、生机勃勃，有着无穷的生命力和给予力。虽并不美丽动人，却因为目标明确、行动力极强而最终“功成名就”。那时的我从未权衡过付出与得到，更不懂得什么叫“物质基础”和“潜力股”，只知道一往直前，全无保留，没有感情备胎，甚至没有退路。

我们相爱了。后来因为他工作的原因我们相隔两地，只有寒暑假的时候他才从远方飞来，和我相聚。每当夏花盛放或是冬意渐深，那份专属于我的期盼、幸福还有紧张莫名，别的人，不会了解。

有一年在机场相见，人都快走光了我还没有看到他，正急得望眼欲穿的时候突然听到有人叫我的小名，回过头来，他正望着我，眼神疲惫而温存。我飞扑过去，他一把把我搂在怀里，而我浑身发抖一句话也说不出来，嗓子全被眼泪堵住了。这就是全世界最幸福的时刻吗？当你拥抱一个你爱的人时，他居然抱你更紧！

相聚是那么令人陶醉，却也转瞬即逝，我们不在一起的时候更多。有时，当爱、思念、孤独、伤感一起涌向我，我就能真切地感受到痛苦的存在，但扪心自问，爱情所带来的幸福又让我心甘情愿地忍受这种痛苦。人的感情是多么复杂！

然而，正如大多数初恋的结果一样，我们也没能走到最后。随着越来越深的相处和我自己的成长，我悲哀地发现，曾以为是天造地设一对的我们，却并不如当初想象的那样合适。

不知从何时起，我好似一夜长大，眼界变得开阔，一直以来身处的小天地已不再能令我满足，我感到心里像是有一匹野马般地时刻想要挣脱、想要冲入大千世界。我开始渴望远方，渴望流浪，渴望无限可能——这是一种很难解释的感觉，我依然是我，却同时让他和我自己都感到陌生起来。

而多年以后，我才在怅然回顾中明白了这种感觉，这种——成长的不可抗力——它让你模模糊糊地感受到一个来自更美、更令人惊叹的世界的召唤，这种召唤使你充满欲望，充满探索的激情，不顾一切地想要了解它的全貌，就算用所拥有的一切交换也在所不惜。你似乎也知道会有风暴埋伏在前方，巨浪会试着拆散你紧系的绳结，但若是要你安心地留守在这个安全而确定的港湾，你天真狂野的心又断不肯依从。于是你起航了，然后你得到了，你也失去了。

人似乎必须要亲身为自己的选择失去一些珍贵的、永不能重来的东西，才能够在回首的时候真正成长。这就是成长的必然代价，于是，鲜有青春不留遗憾、初恋不留忧伤。

但当时的我根本意识不到这些，只知道我们之间的分歧越来越大，截然不同的个性也在争吵中被暴露得淋漓尽致，曾经说好的十指相扣天长地久已是不可能的事，就连相处都变得十分辛苦。

终于有一天我不再逃避，而是理性地开始正视这段感情。分手虽然是我提出来的，但痛绝不亚于他所承受的。当时我只写了一封邮件告诉他我的决定，并坚决不肯跟他再见面。天知道我只是软弱，我怕所有决心所有勇气在见到他的那一瞬间全线崩溃，然后被感情动摇了的我再次陷入新一轮疯狂的纠结与反复之中。那种情感与理智的艰难混战实在是太痛苦了。

那时候的我慢歌情歌一律不敢听，因为一旦真的听进去就会心如刀绞泪流满面，他送给我的礼物也全都收到看不见的地方，否则视线一落在那上面就会忍不住疯狂地想念他，其结果也是泪流满面。就这样，路过一个熟悉的路口会哭，看到一个和他相似的背影也会哭，那时候的我迅速瘦了七斤，而这七斤完全是泪水的重量。

接下来的日子便是为了美国而努力，我强迫自己，孤注一掷，希望能够在申请的忙乱日子中忘记那还热度未减的一切。然而就在上飞机的当天，我突然收到了他的短信，说他马上就到机场，问我在哪一个登机口。紧紧地握着手机，我才明白他在我撕心裂肺的离情中占了多大比重。

抬起头，熙熙攘攘的人群顿时在泪光中一片混沌——曾经是我在这里焦急地搜寻着每一张脸，只为找到朝思暮想的他，而现在，同样的地方，一个高大的男孩正在疯狂地寻找着我，只盼在明日的天涯各路前见我一面。

但是我不能，我清楚地知道我们虽然分手了，但感情上其实从未割断过，只要我此刻一个眼泪泛滥的默许，他也许就会一直等着我，而我们是根本不可能有任何结果的，因此我必须保护他，保护他不再经受所谓希望带来的折磨，也不再徒劳地付出今后的时光。

这样想的时候我已在心里道过歉了，我也告过别了，相信吗？我已经在心里紧紧地拥抱你一千遍了，就这样吧。关上手机的一刹那，我终于知道了心疼的滋味。

之后我到达了梦想中的那个远方，但我们之间却再没有联系过。我知道他一直对我怀有怨恨，认为我理智到绝情的地步，让当时并不想分手的他难以接受。但我至今对我的决定不后悔。唯一让我后悔的是我们分手的方式。

那是多年后无意中看到的一份南加州大学心理系的研究报告，看到这份报告才让我明白当年的分手方式有多么不科学——

分手绝不应当仅仅只是通过一封邮件或是一个短信就断然宣告结束，然后音讯全无，因为这样很容易让失恋一方感觉一直以来的付出很轻易地就被否决掉了，而且自身感受根本不受重视，从而产生被不屑一顾抛弃的自尊挫伤感，并引发“我有这么差劲吗”的深层内心感受。

由于得不到之后的答案或解释，这样的猜测是最费人心神的。他会花很多时间思索自己究竟做错了什么，也会由于误会无法解释、很多话没有机会说出来而感到不甘和压抑，即使他在后来又展开了新的恋情，这种情绪也会阻碍他完全投入到下一段感情中。因此这种分手方式是极不负责任的，也许会对对方之后的人格和心理造成意想不到的阴影和伤害。如果对方是一个自我解劝能力较低的人，那么这种伤害所延续的时间就会更长。正确的方式应该是等最激烈的情绪过去后，两个人像朋友一样坐在一起，用笑容和拍拍手背这样的肢体语言来告诉对方、解脱对方——“你很好，只是我们不适合。”

当我看到这份报告的时候已经是时过境迁多年以后了，异乡的深夜里才恍然觉察年轻时的自己给对方带来了什么样的伤害。我自以为保护他的墙壁，把他撞得头破血流。

但年轻时候的我们是那么残忍，爱得暴烈、爱得冒失，根本不懂得这些。等我超过了他当年的年龄，才明白一直在 19 岁的我眼中成熟沉稳的他，其实也只是一个二十几岁的大男孩而已。现在他在这个世界的哪一个角落，脸上是不是有笑容，已消失在他生活中的我无从知晓。

看着窗外的万家灯火，才发现并不是每一次蓦然回首，那人都在灯火阑珊处。我曾经亲爱的人，有谁能够告诉你我今日迟到的歉疚和忧伤，那些曾带给你的伤痕依然突兀，还是已经在无垠的岁月中慢慢沉淀。

你以为忘记了一切的无情的我其实还记得：最初那令我怦然心动的眼神，第一次亲吻带来的战栗，每一次离别时那些纯洁的、由衷的眼泪，还有我曾经是怎样狂喜地向你飞奔而来，带着我所有的期盼所有的依赖——这曾经的种种，没能在风雨中成为一朵傲挺的花，却在那一个秋天的凉夜，成为再也触不到的、一段皎洁的月光。

Chapter 4

在这里，你不会害怕岁月漫长

最美的时候，她爱他，

而现在萧瑟的时候，他又爱她。

但这不是回报，而是爱，从心底迸发的爱。

曾有过誓言的，不是吗？

爱你春光明媚的人无论多少，

但爱你雨打残萍的，一人足矣。

是谁说美国人都不爱较真儿的

开学后的气氛已经截然不同了，除了我已经熟悉了的一切外，又增添了许多全新的内容：和所有人一样，我也要开始确定我毕业论文的题目、大纲、研究方向、研究目的、理论基础等一系列完全陌生的内容，还要一一确定我答辩委员组的教授成员们。这些事对我来说毫无头绪，让我在开学的第一周就头大如斗、压力倍增，虽然我对上百页的英文论文还没有任何概念，却清楚地知道它能否完成决定着我最终的学成与否，也会是我在美国拼搏了这么长时间以来呈现的唯一结果。

而在这所有未知数中，当务之急就是要确定一名教授作为我的论文导师，也是将来整个答辩委员组的灵魂领军人物。

不用考虑，也不用比较，我心中最渴望的完美人选就是我们的系主任——赫赫有名的桑德拉·迪兰。她虽然刚刚四十岁，却是我们学校举足轻重的人物，发表过无数重量级的学术文章，还在全美各地的多所大学中做过巡回讲演，上过当地的电视台专访，是非常成功的女性。

她身材高大，金发碧眼，从外貌上看是血统非常纯正的白人女子。她虽美，却很严肃，不像一般美国教授那样热络随和，但不知怎么，我对她的课最有兴趣，也最有收获。我甚至觉得，只有她当了我的导师，我才有信心和动力写出自己最高水平的论文，为我在美利坚的留学岁月划上一个完美的句号。

但是据说请她非常难，除非你和你的研究题材都非常有潜力。但我一向的想法都是不亲自试试怎么知道，于是就大胆地约定了下周一去她办公室面谈。

然而，就在周一上课之前，我突然间听到一个同学在抱怨，说她求迪兰教授做她的导师已经很长时间了，好话说尽，但她还是婉拒了她，弄得她现在也不知道再找谁。我无意中听到这话后心都凉了，因为这个同学非常优秀，我和她在一个班里一年多了，深知她的强势和聪颖。如果迪兰教授连她都看不上的话，那我肯定没希望了。那个上午，我什么都没听进去，原本期盼的面谈也成了无尽的沮丧和多此一举的负担。

但由于不能爽约，我还是硬着头皮来到了迪兰教授的办公室，对她说出了自己的请求。

她随意翻看着我带去的几页资料，又例行公事地让我谈谈对论文的想法，我只能如实说我想涉猎大众传媒中的“公共关系”领域，主要写有关于中国危机处理发展和社会判断学（Social Judgment Theory）之间的关系，还打算加进文化和政府体系对危机处理过程中民意的影响力，但还没有想好该怎么联系起来。

接下来不可思议的事情发生了，我印象中，她好像只思考了一小会儿，然后就抬起头来，冷静明亮的蓝眼睛望着我很清楚地说：“没想好没关系，我愿意做你的论文导师，我们一起来努力。”

从办公室出来的时候我的嘴巴好像还没有完全闭上，更不敢相信自己的耳朵，但是迪兰教授是绝对不会开玩笑的。此刻我的头脑中只有一个念头，那就是：无数学生争抢的桑德拉·迪兰，拒绝了我们班那么优秀的美国学生，却答应做我的论文导师！

初战告捷，如释重负的我看蓝天都宽了，每天一睁眼就想傻乐的日子里我只能说，这真的是一种荣幸。只有亲身经历过的人才深刻明白这种鼓励的力量有多大，只因它来自你所欣赏和喜爱的人。

然而，当真正开始动笔的时候，我才发现我的想法是不错，但是要形成非常具体、专业而流畅的文字却是完全不同的另一件事。先写什么，后写什么，我整晚上整晚上地坐在桌子前发呆才知道我根本一点儿头绪也没有。

就这样，我在还没有正式开写之前，就不得不先阅读大量书籍。那阵日子，我疯了似的在网上搜索有关公共危机处理和社会判断理论的所有文章，同时把图书馆里的此类书籍几乎搬空，不管中文英文，晦涩与否，宅在宿舍里看了个天昏地暗。但就是这样拼尽全力读完的结果也只是感叹人家怎么写得这么好这么有条理，然后轮到自己写的时候该什么样还什么样——照例一句整话都磕不出来。

这是我常有的状态：上一秒钟还在电脑上噼里啪啦地狂敲，不明就里的人还以为我胸有成竹文思如泉涌，可是没看到我下一秒钟就沮丧地摁着删除键无声地一路删到底——光写出来还不是目的啊，关键是得写好！要是码出来的文字连我自己都不认可，又凭什么去吸引迪兰教授呢？就这样在无尽沮丧与苛求完美中删删改改，好几个星期过去我才写了二十页不到，速度基本和挤牙膏持平。然而这个学期我必须完成前三大章，等于是要把整个论文最关键的框架都搭个八九不离十，那段日子里，无形的压力好像泰山压顶，直让我梦里也喘不过气来。

终于好不容易熬到了要确定“研究问题”的时候，我按照之前参考过的我们系往届生的毕业论文，也和其中很多人一样拟定了两个主研究问题交给迪兰教授。她却很快约我面谈，并不断启发我，把原先的两个扩展为了三个、四个，到最后竟扩展到了六个！

记得那天从她办公室出来的时候我整个人都蒙了，欲哭无泪，别人研究两个问题就能毕业的论文，我为什么要研究六个啊！要知道，多一个研究问题就意味着多出几十页实实在在的内容，而且前面越复杂，最后论文收尾时就越要求你有超高强的总结能力，我突然第一次对前方正等着我付出的艰辛感到了抵触和恐惧。

但也就是在这个过程中我看到了美国人的认真，我从前真的是低估了美国人的认真。是谁说美国人都特别随意，特别不爱较真儿的？！——那个，也许吧，但那是生活上的，绝不是学术上的！有这种想法的人可以来美国写本硕士论文，然后我担保他和我一样颠覆之前的所有看法。

迪兰教授很喜欢我的点子，却不满意我的文笔，不断地提新要求，不断地要我改，她的口头禅是——Well，I have this tough love for you（我要给你不纵容的爱）……好吧，她是诚恳的，因为这几个研究问题我竟修改了十几次还没通过。多少个夜晚的“愁眠不稳孤灯尽”，却不能“坐听嘉陵江水声”（我倒是相当向往），而只能坐在我的小桌前，在彻夜的灯光中，绞尽脑汁地想着、写着。

想当初刚得到迪兰教授做我导师的承诺时，在激动得神魂颠倒之际，我曾真诚地希望自己能够在这个过程中多经受一些磨炼与考验，并由此付出前所未有的努力给她看，只为向她证明她的选择是对的。然而现在我要说——不要轻易许愿，因为它很可能会实现。

年轻的非母语者也要争论

我的重点在于国内的危机处理和发展，但其中有一个部分是要把中国的情况和西方的做一个类比，我也因此了解了很多美国的危机处理案例，也第一次真正而全面地了解了“9·11”事件。

正如我们都洞知的那样，它摧毁的不仅仅是双子塔和纽约，甚至不仅是美国，而是我们每一个人都赖以生存的文明世界。据说当时就连曾经的诺贝尔和平奖获得者，一向冷静文雅的埃利·威塞尔都建议采取军事行动对抗邪恶，而83岁德高望重的民主党参议员罗伯特·伯德也向总统布什明确表态：“除了好莱坞大片，现实中也有一群人以服从命令为天职，并且信仰上帝……无敌之师随时听你调遣。”

但真正触动我的不是危机处理本身，也不是这些人的决心，而是灾难发生后来自普通人的积极和乐观。

布什曾讲述过一件事，当时他和劳拉去华盛顿的医学中心看望在五角大楼撞击中身受重伤的人们。有一名男子全身大部分都被烧伤了，惨不忍睹。当时布什情绪激动，他走过去问这个人：“你是陆战队队员吗？”结果这个人立刻答道：“不是，长官。我是特种兵，我的智商太高了，进不了陆战队。”当时在场的所有人——布什、劳拉、医生和这个人的妻子全都大笑起来，这个人的勇气和乐观深深地鼓舞了布什，也感染了在场的每一个人。

这种在不一般的逆境中还能流露出来的幽默其实是一种信仰，一种对自身强大的自豪，在这之后我才明白什么叫作真正的幽默，不仅是平常生活中的轻松点缀，更是一种打动人心的力量，是在遭到巨大不幸、打击和伤害后体现出来的一种信念、一种勇敢。

然而，最让我动容的还是“9·11”事件已经结束之后发生的一件事，这件事让我看到了真正的美国。

那是在2010年，一名建筑商人计划在纽约世贸中心的废墟旁建立一座清真寺和一栋高层的伊斯兰文化中心，这件事在当时如一石激起千层浪，全美各地都有人激烈抗议，甚至有人怒骂道：“这是一种揭开伤疤的恶毒，是最残酷的侮辱和卑鄙的挑衅。”但出乎人意料的是，在这场全民论战中，几乎所有的美国主流媒体都无一例外地支持这一提案。

《时代》的观点是：“让世界重新回到互相尊重和认同的轨道。”《基督教科学箴言报》则提醒人们：“不要忘记纽约拥有超过80万穆斯林人口，他们也是勤勤恳恳的纽约市民。而在恐怖分子发动的袭击中，大约有50名穆斯林丧生。穆斯林作为纽约市的一部分，有权建造自己的清真寺。”而《纽约时报》更是声称：“如果一个国家自我封闭，拒绝多元的文化、宗教和思想，那么这个国家将永远无法诞生出下一个Google或任何科学文艺壮举。”

纽约市市长还专程为此事做了一次公开演讲，他说道：“政府到底应不应该禁止公民在自己的地产上，按照自己的宗教信仰，建立宗教场所？——或许别的国家会禁止，但美国不会。如果我们容不下这座清真寺，我们就是在背叛自己的理想，背叛我们作为美国人的身份。”

最终，人们流泪了，他们挣扎于对亲人撕心裂肺的怀念和摒弃心中仇恨的艰难进程中，然后，纽约市社区委员会以29票对1票，压倒性通过了在世贸中心遗址旁修建清真寺和伊斯兰文化中心的计划。

如今这个项目正在缓步向前进行着，如果不出意外的话，最终有一天，一座清真寺和一栋13层高的伊斯兰文化中心将会矗立在世贸中心遗址旁边，为这个城市做出见证——见证它的悲剧、它的胸怀，以及它的光荣。

多元、包容，这就是美国的标签，也是她身体力行的准则。她的国民来自世界各地，因此一百个美国人往往就有一百种意见，是畅所欲言的权利、耐心倾听的风度和真正宽容的心让他们走到了今天，走过了两百年长盛不衰。

虽说这件事发生的时候我已经毕业了，但是回想在整个论文的讨论过程中，我一直在勇敢发言，说出自己的看法，甚至还跟迪兰教授争论过几次。而她那么优秀，也接受不同的观点和思想。其实那时就已隐隐地感到美国强大是有原因的，这个原因不在于她军事和科技的领先，而是在于她有勇气，有胸怀，更有自信接受质疑和不同的声音——哪怕这个声音说的并不是她的母语，哪怕这个声音非常年轻。

终于，前三章的内容全部完成了，接下来我要回国开展采访工作，为我之前提出的一系列研究问题找到答案。但我们任何的进展都需要通过两道关卡，一道是我自己系里的导师和论文委员会，还有一道就是威严的研究生院——这也是终极一关。

也就是说，我若想进行到下一环节，光桑德拉·迪兰说行还不够，还要等着研究生院的最高批准，他们会吹毛求疵地审核我的前三章内容，然后决定是否让我开展接下来的研究。这是完全独立的另一批人，资深如桑德拉·迪兰也对他们没有任何影响力。

但最终，在经过了漫长而焦心的等待后，研究生院机构审查委员会（Institutional Review Board）批准了我的毕业课题，还让我拿到了研究生院的院长为我此次采访特意撰写的批准信（因为涉及对中国外交部、发改委等权威政府部门的采访）。

经过这艰难的一个学期，我不仅门门功课是A，还完成了我一开始简直无法想象的毕业论文的前三章，这种难以置信却又实实在在的感觉弥足珍贵，但回顾整个过程，真的让人心有余悸，我好像从来没有这么痛苦地处于竭尽全力的思考当中。但是，好在罗曼·罗兰说过——人生在世就是要随时准备创造、准备更新、准备突破自我，如果你宝贵的生命只是用来惯性地模仿自己此前的所作所为、所思所想，那么你相当于在很年轻的时候就已经老去了。

所以，我们都需要寄托，需要爱情，需要为理想拼得艰苦卓绝匝地烟尘，其实有的时候，我们只是需要这样的刺激来提醒我们：我们还活着，还没有在岁月令人迷惑的飞逝中丧失知觉。

沿海公路的奇特遭遇

寒假到来的时候，为了给自己一个大大的奖励，我打算在回京采访之前和朋友们再做一次新的旅行。由于此时正是冬天，满目阴霾，我们不约而同地决定南下——横穿密西西比、阿拉巴马，沿着加勒比海一路向南，再穿过金色棕榈的迈阿密和佛罗里达岛链，最终到达北美大陆的最南端。

然后再调转航线，飞往所有人都向往已久的、遗世的天堂之岛，我梦中真正的太平洋明珠——夏威夷。

这次旅行计划的宏伟和跨越的地区之多，是今后我在美国的岁月里再也没能超越的，堪称空前绝后。

启程的第一天，我们就途经了神秘美丽的密西西比河。现在回想起来，她并不是渐渐出现的，而是在某一个瞬间突然撞入眼帘，就像是不知从什么时候一抬头，才发现她已经就那么波澜壮阔、激动人心地展现在眼前了！从西北部发源，流经大半个美国，最后注入墨西哥湾，她在穷极一生的流动中滋养了美国百分之四十的土地，孕育了整个流域数不胜数的人们。从小在马克·吐温的小说里经常读到密西西比河，而今居然能有幸亲临，果真气势磅礴，名不虚传。

饱览着两岸迷人的风光，我们一口气开到了卡波特笔下动情的阿拉巴马州。这里已经初显加勒比风情，随处可见银色的沙滩和碧蓝的海水，在明媚的阳光下闪闪发亮，而远处的海岸线蜿蜒曲折，在一片冬日的晴空下那么安静地延伸着，连绵不绝。

从没见过这么大片细白沙滩的我们无比兴奋，每天沿着海岸线上蹿下跳，野餐摄像，疯得不亦乐乎。但没人想到，就是在这样一个迷人地方，我们却经历了一次非常难忘的、至今被知情者津津乐道的奇特冒险。

那天傍晚，尽兴玩了一整天的一行人从海滩撤回市区吃饭，由于太贪玩了，归途中已是天色将晚。

霞光掩映的天空下，只有远远的几辆车在飞驰，空寂的沿海公路给人一种“天高任鸟飞”的旷达感，这让久居繁华闹市的我们都不由得被深深吸引。

正在望得出神的时候，突然间发生的一件事让所有人都措手不及——开车的男生为了躲避一只巨大的海鸟尸体，把车子猛地别进了道旁的沙滩，一路冲进了松软的沙子，最后陷进了一道深深的沙沟中，任凭再怎么开都纹丝不动了。他不断地发动着车子，其余人则下车在后面竭尽全力地推，只见车轮在狂暴剧烈的引擎声中不断向后扬起白沙，却一英寸也不肯前进，而且似乎反比刚刚陷得更深了。

这完全一瞬间内发生的事情，让所有人都毫无防备，看着渐渐暗下来的天空，举着收不到一丁点儿信号的手机，每个人都开始意识到问题的严重性，个个心急如焚。

然而更要命的是，放眼望去，这条海岸线上哪儿跟哪儿都长得全都一样，全部是银色的沙滩和低矮杂乱的灌木丛，没有一座高大显眼或是有特点的建筑物，所以就算我们弃车步行上几英里，最终拨通公路边的紧急电话求救，也未必能说得清具体在哪儿。

这时周围的一切更加黯淡起来，远处的沙滩已经看不出是白色的了，海风也开始显示出冬天原本的样子，变得好像有预谋一般地狰狞凛冽起来。我们终于放弃徒劳的努力，而是转向路过的车辆求助。但极为不利的是，由于我们对那种热闹的、人多得好似下饺子一样的景点海滩一向没什么兴趣，而总是挖空了心思去那些人迹罕至、未遭破坏的原貌海滩，因此往回开的这条路也很偏，是真正的“天涯藐藐，地角悠悠”，本就见不着几辆车的路上此刻更是冷清得可怕。

开车的男生站在路边已经半个多小时了，一有车经过就不停地挥手，但或许是因为混沌含糊的暮色里很难发现同样是一团黯影的他，所有的车子都高速行驶，一掠而过。

时间就这样一分一秒地流走，每个人都急得心怦怦直跳，在这个既没信号也没人烟的不毛之地，天彻底黑下来后果将不堪设想。这时有人灵机一动，大胆提出了一个想法，所有人都把目光转向我。我本能地犹豫了一下，但此时的天色已经由不得我，我咬咬牙，硬着头皮脱下了厚厚的毛绒外套，露出里面明黄色鲜亮的比基尼，像个突兀的路标一样戳到公路边，向着来车的方向拼命挥手。

冬天傍晚的海边真冷，其实南部的温度也并不高，全靠着白天正午的阳光，但等太阳一下去，气温立刻骤降，海风也像刀子似的割着裸露的皮肤。我感觉冻得都要倒下去了，不知道还要在这里站多长时间，刚过了几十秒钟我就浑身发抖，情绪低迷，冷得再也受不了了。

这时好像远远地有车过来，我顾不得胳膊已经酸得快要脱臼，坚持挥手到它开至近前。也许是我白亮的肤色，抑或是好似求救信号灯一样晃眼的明黄色比基尼，奇迹般的，十分钟内，有两辆车上的人注意到我们，相继停下。一辆车里是一名中年男子，另外一辆里是三个男孩和一个女孩。

回头想想，我们真是非常幸运能遇见那位中年男子，他明显经验丰富，一看到我们停在远处沙沟里的二驱车，连问都没问，直接回车里拿出一段连着钩子的粗绳，紧紧地钩在我们的车前杠上，然后再回到自己的车上发动引擎，在巨大的拉力下，只见我们的车前轮开始被动地左右摆动，发出沉闷的刨沙声，然后极不情愿地被拽出沙沟。在车子拖离沙滩的那一刻，所有人真是欢呼雀跃。那几个男孩女孩虽然没帮上什么忙，却一直在冷风中陪着我们，还分给大家一大包巧克力，其中一个男孩在临走前还对我说了声：“Hey，泳衣不错。”

重返坚实的公路时，天已经彻底黑下来，近在咫尺的海水都变得黝黑诡异起来，狰狞地扑向岸边，而我们安全了，小镇的万家灯火就在眼前。后来这件事成为我们之间经久不衰的笑谈，男生们感慨以后旅行还非得带上女孩儿不可，大叹“女性潜力不可估量”，而我这个闪亮登场的假路标，虽然很有些歪打正着之嫌，却也在偷笑之余感到万分荣幸。

旅行就是这样，会遇到很多类似意想不到的突发状况，但扪心自问，我仍难改对它的热爱。就像多年以后再想起这条旷野的沿海公路，没有阴影，没有不快，而是依然充满着想要浪迹天涯的豪情，恨不能沿着海岸线一直开到天荒地老。而这种人在旅途的快乐与寂寥，对于年轻的我来说已经算是很丰富的人生体验了，唯有知足，唯有感恩。

大沼泽地里的有惊无险

挥别了海岸线，我们又深入到阿拉巴马的乡野，在一个艳阳高照的日子里去当地最有名的“Oak Hollow”牧场骑马。我挑了他们最漂亮的宝贝，一匹外号“小甜饼”的年轻公马。耀眼的阳光下，它的鬃毛看起来简直是金色的，我从没见过这样的高头大马，足足比我高快两个头，而且人刚一翻上去就开始走，步子虎虎生风，毫不拖沓，透着一股雄壮的气息，腿上的肌肉像鲜活的大鲤鱼一般滚动跳跃。

正如我事先被警告的那样，这匹马野性十足，很难控制，但殊不知这正合我意，我就怕它不野！小的时候曾被家人带着去坝上草原骑马，最得意的就是上马下马从不需要人扶，十五岁就挑烈马，紧跟着骑兵的头马跑在最前面，次次都出尽了风头。所以就算现在的这匹马高大很多，我也一样自如，趟小河、穿树林、驰骋草场，惹得那牧场主每隔一会儿就忍也忍不住地对我大加赞扬一番！

阿拉巴马的乡村真是太美了，它让我们所有人都迷失在这一片湖光原野中。阳光炽烈，风却清凉干爽，远处带着大狼狗散步的女孩自然脱俗，好似被太阳晒褪了色的浅金色头发、洁白的牙齿、热烈的双眸，和不设防的笑容深深地打动了每一个人，我爱阿拉巴马的村姑们，浑身散发着大地的清新！相信我——爱上这里，你不需要金色的麦田、喧嚷的树林、夏夜的小酒吧，抑或是浪漫忧伤的乡村音乐，只要这儿的姑娘对你绽放一个明亮的笑容，你就绝对情归阿拉巴马！

带着对乡野生活的无上向往和依依不舍，我们又一路向南开到了素称“阳光之州”的佛罗里达。抵达的时候正是北京的隆冬时节，但这里却是一片美到不真实的夏树苍翠，鲜花盛开。我们在璀璨流金的阳光中一路畅游了著名的迪士尼、至爱芳香的玫瑰园、和长颈鹿亲密接触的坦帕动物园，最后来到整个美国南部的“水缸”——大沼泽地国家公园。

在这片被称作“美国之肺”的湿地大沼泽里，每个人都必须身穿橘黄色救生衣，戴着耳塞来抵挡电动汽船震耳欲聋的噪音，然后向着全美最大的亚热带野生动物保护地、佛罗里达的原始沼泽湿地扬帆挺进。这里有西半球最密集的红树林生态系统，也是数百种飞禽猛兽和奇花异草的极乐世界，据说蟒蛇、幼鲨和海牛都在此处寻找庇护所。在这里，你能感觉到自然千年的脉动，蓬勃不息，古老而深沉，这和大都市的繁华和人类文明所带来的感动是不一样的。

停泊在一片平静的水域前，我正一边听导游的讲解一边欣赏着白鹭的优美身姿，突然对面的一名女游客疯了似的尖叫起来，我转过头看她，才发现她是冲着我尖叫的。她涂得很漂亮的大眼睛惊恐万分，正歇斯底里地望向我身后，眼神中真实的恐惧让我的大脑在那个瞬间一片空白，不祥的预感像过电似的窜满了全身。

但当意识再次回到我头脑中时，并无任何事情发生，我这才壮着胆回过头去，只见一条佛罗里达巨鳄就在我右后方的船帮下潜伏着，阴沉的眼睛露出水面，凶光几许。但它绝没有伏击我的意思，而显然只是不悦被打扰了午休。汽船在一阵轰鸣声中很快将它甩在了身后，但那位女游客的表情却让我连做了好几天的噩梦，她那充斥着恐惧和绝望的眼神，就好像已经目睹惨剧发生了一样，让我阴影了很长一段时间。

终于到达了人间天堂的迈阿密。这里随处可见高直的棕榈树和细腻的白沙滩，随处能听到热辣妖娆的中美洲音乐。来之前就听说美国四分之一的财富全都流动在迈阿密，而身临其境后才发现果不其然，沿着海岸线，一路上尽是宫殿一样的豪宅和庭院，迎面看到的不是劳斯莱斯就是阿斯顿马丁，这里已经听不见英语，而是满耳朵的西班牙语，处处都充斥着一种慵懒、悠闲而又性感的氛围。

我平生第一次见到如翡翠般通透碧绿的海水，配上洁白的浪花，层层叠叠，晶莹耀眼。我从没见到过这么美的海。西风强劲，还有海鸥在翱翔，颇有《天地一沙鸥》那本书里的境界。这里不愧是各个版本的“此生必游地”之一，据说每年冬天，有钱有闲的美国人就像候鸟一般，从自己生活的城市飞来这里避寒，等天气转暖后再飞走。

说真的，来迈阿密度假，你有许多种选择，冲浪、潜水、垂钓、滑翔、驾游艇出海、打高尔夫球……但即使什么也不做，而只是背靠着一棵椰子树面朝大海，呼吸着海风中无比纯净的空气，看着肤色健康的姑娘们风情万种招摇过市，也绝不失为人生的一大享受。

拥抱天堂吧，在这里，你不会害怕岁月漫长。

美国人心目中的天涯海角

在迈阿密和我们南部之行的终极目的地之间，有无数珊瑚小岛，本不相连，但壮观的 42 座跨海大桥将这些如珍珠般散落的小岛屿连成了一条完整的岛链，一直延伸到加勒比海的最深处。而我们要去的“基韦斯特”小岛就是这长串岛链中的最后一个。到了那里，前方就是亘古无垠的大西洋，再也没有路了。

当我们开上跨海大桥时，从没见过的开阔景色让所有人都看呆了——桥的一边是浩瀚的大西洋，另一边是风情万种的墨西哥湾。最让人惊奇的是，两边海的颜色居然不一样！大西洋是湛蓝的，而加勒比海竟是碧绿的！我们把车窗摇到最低，在带着咸味的海风中尽情地呼吸，神魂颠倒地享受着这来自大洋深处的慷慨馈赠。

终于到达了北美洲这个大陆块的最南端，人类开车所能到达的加勒比海最深处。

这里是美国人心目中的天涯海角。在路上，擦肩而过的每个人都是那么悠闲、那么从容，好似脱离了大千世界的纷扰，只为内心的意愿而活，简单而令人神往。曾经在国内我感觉很多人是很沉重的，有时候仅仅看他们的背影或者侧脸都能感觉到他们背负着很重的心事，而这里的人则恰恰相反，似乎每一个人都轻松浪漫，生活对他们来说好像不是什么艰难的事，而是彻头彻尾的享受。这种气氛真的很感染人，不是我们所熟悉的掩饰，更无须强作欢颜，而是真实的生命活力。

把一切都安顿好后，我们开始做环岛旅行，来到了当年第一批黑奴被押上美洲大陆的地方，此处与古巴隔海相望，相距只有 90 英里。这里虽记载着人类历史中惨痛的一页，却也是举世闻名的观日落胜地，每当夕阳西下，狭长的海上通道早已把翘首等待的游客们引到了大洋中央，共观瑰丽的晚霞，等待着全世界最壮丽的日落西沉。据说在这里，最挑剔的游客也会满意而归，而摄影家们更是使尽浑身解数，不惜用一格格昂贵的胶片记录着这唯美壮观的海上奇景。当然还有太多镜头之外无法挽留的，比如余晖的温度、海风的气味，连同心底的那一份慵懒与柔情……还好有无尽的记忆可以一一补完。

当太阳再次升起的时候，我们又去参观了岛上另一个不可错过的地方——欧内斯特·海明威的故居。

据说这里自他离世后就一直保持着原样，植物园一般的庭院中绿树掩映，花香袭人，而里面的书房简直像个小型图书馆。这里是海明威创作出最经典作品的地方，也是他一生中最激情勃发、文思泉涌的时候。房间内还挂着硕大的鹿头和大鱼标本的相片，这些都是海明威本人的战利品，向世人证明着他充满传奇色彩的一生都和冒险、探索和挑战自我极限相关。

参观到这里，不禁嗟叹海明威真会活，不仅一生娶过四位太太，还将足迹遍布全世界——踏上过炙热荒蛮的非洲大地，从奥地利的雪山顶飞跃而下，在西班牙的斗牛场里躲避发疯的公牛，在雨中的巴黎邂逅万种风情，最后又在加勒比海的最深处找到了心灵的栖息之地。观其一生，他始终都在大胆追随着心中的梦想，这一点不是很多人都能有勇气模仿的，也是我最钦佩他的理由——就算什么都没有，他还敢做梦。而如今很多人都不敢拥有梦想，因为他们害怕梦想落空后的打击。

或许也只有这样的人才能够写出《老人与海》，在他的心中，一定也有一片海，巨浪滔天，神秘莫测，充满危险，又充满诱惑，他必须在与其毕生的搏斗中耗尽他的体力、他的能量、他的欲望，才能于精疲力竭中找到灵魂深处的安宁和无忧无惧。他本身就是他笔下那个“只能被毁灭，而不能被打败”的刚毅渔夫圣地亚哥。

这个故事让我的心烫了那么久

在离开基维斯特的前一天晚上，我们从海天深处神游回来，在当地的小酒吧里放松休闲，一边听着热情的小城音乐，一边和身旁素不相识的旅客们喝酒聊天，享受着天下大同，其乐融融，倒也别有一番情趣。

我们这些来自天南海北的人，都因向往着这里的海风和落日，便从各自寻常的生活中逃了出来，一下子坠入这云中仙境，才促成了这一瞬间的萍水相逢。而今晚过后，我们又将拥抱握别，各奔天涯，或许也正是因为如此，大家才格外赤诚、格外投入地珍惜着这注定短暂的同行。

放眼望去，这些人不是和一大伙年轻朋友在一起，就是和甜蜜的男女朋友在一起，只有一个中年男子牢牢地吸引了我的目光，只见他身边停着一把轮椅，上面坐着一个二十多岁的女孩，惨白、瘦削，虽然上翘的嘴角和眼中的笑意说明此时的她是快乐的，但看上去却是那么憔悴，在满屋兴高采烈、华裳丽容的人中间显得虚弱而疲倦，与欢乐的气氛格格不入。

他为那女孩点饮料、塞衣服，关怀备至地就像是自己的女儿——他们的年龄也的确像是父女，但让我极为困惑的是，他凝视着她的眼神，轻抚她脸颊的温存，还有他们之间低声私语的感觉，又都无疑只属于一对浓情中的恋人。这种怪异的感觉揪着我牢牢不放，最终迫使我怀着强烈的好奇心走上前去，和他们主动攀谈起来。

那名中年男子非常友好，对我突兀地介入他们的二人世界并没有表现出任何拒意。他告诉我他叫乔尔·史密斯，来自伊利诺伊州，接着很自然地向我介绍："这是我的妻子，泰蜜。"轮椅上的女孩对我点头微笑着。妻子！虽然有所准备，但我还是一时有些语塞，只能说道："噢……你好。"接下来我们全都有点儿不知该说什么，她明显生着病的样子使我觉得应该礼节性地询问一下以示关切，却又实在不知如何开口。

最后还是乔尔打破了沉默，用一种平缓的语调跟我聊起了他们的故事，只是当时的我并不知道，这将从此成为我今后对这座小岛无限怀恋的理由之一，不光是因为月光下的那一片海，更因为眼前的这一片情深似海。

他半生坎坷，人到中年时才遇到他生命中的光——年轻的泰蜜，相处中，她的美丽、聪慧、热情、纯粹深深地打动了他，使他几乎不敢相信那种轰然的狂喜和陶醉竟也是可以属于他的。她就像一盏明灯，照亮了他灰暗模糊的人生，使他早已层层结痂的心也变得柔软和易感起来。

在两颗灵魂难舍难分之巅，他们结婚了，在上帝面前把自己同时献给了对方。虽然她是在最美的时候遇到已经不再叱咤的他，但这只是他的遗憾，而不是她的，她一如既往地爱着他，把活生生的能量和温暖全送给他。但天意莫测，在毫无预兆的某一天里她被查出罹患癌症，从此从天堂直坠地狱，在经历了一系列痛不欲生的折磨后，快活的她迅速枯萎了。

而他，倾尽所有，忍受着旁人无法想象的痛苦，一次次的检查、放疗，一次又一次的希望、失望交错，他始终陪在她身边，开导她，安慰她，鼓励她，还有——宠她。在放疗的间隙里，他带着她从冰天雪地的伊利诺伊州来到这温暖湿润的加勒比小岛，虽然她已无法再在沙滩上赤足奔跑，或在海浪的起伏间欢声惊呼，但那又怎样呢？至少在这里她更快乐一些。他宠她真的就像宠女儿一样了。

这时，他突然掏出一张照片递给我，那上面的男人无疑就是他自己，而依偎在他身边的女孩……我大大地震惊了，这是她吗？这分明是她又不是她！那是一个有着怎样明丽笑容的女孩啊，整张脸都好像在发光，青春勃发，活色生香，这一副“风姿绰约娇模样”，和眼前这个戴着头巾的、瘦弱而苍白的女人简直判若两人。

把照片还给他的时候，我的嗓子好像被什么东西堵住了似的一句话也说不出来。想起叶芝的那一句："多少人爱你优雅灿烂的时刻，爱你的美丽，真心或假意，但只有一个人爱你朝圣者的灵魂，爱你红颜已改的悲哀。"

最美的时候，她爱他，而现在萧瑟的时候，他又爱她。但这不是回报，而是爱，从心底迸发的爱。

曾有过誓言的，不是吗？爱你春光明媚的人无论多少，但爱你雨打残萍的，一人足矣。

不得不说再见的时候，我与他们分别拥抱告别，我告诉乔尔，我今天明白特蕾莎修女（Mother Teresa）所说的"要爱到心疼为止"是什么意思了。

从酒吧出来的时候已是深夜，海风好似不顾人间的悲愁，一如既往地吹拂着这亘古不变的岛屿，而这个故事让我的心烫了那么久，世界很大，我们要足够勇敢，爱路上的风景，更爱其背后动人的故事。

旅程中真正后怕的一次

终于在抵达夏威夷的当天入住了梦寐以求的海景房，半夜的时候才注意到整整一面墙那么大的窗户竟然没有窗帘，刚开始洗完澡的时候都不敢在灯开着的时候出来，后来才发现窗外就是一望无际的大海，所以窗户才完全透明。也就是说，无论做什么都不用担心，因为只有鱼能看见你！这也有点儿太浪漫了吧？！望着月光下深邃的大海，闻着晚风中椰林的味道，我知道我已经在夏威夷的怀抱里了。

第二天清晨，被温柔的海潮声唤醒，把整面窗户向左右两边拉开，新鲜的海风混合着不知名的花香扑面而来，瞬间令人心情大畅。而我就在这一片纯净中享受着美味的早餐：两片厚厚的吐司面包配上半熟的流油摊蛋，浆果果酱和一大壶纯牛奶，再加上两片晶莹剔透的新鲜西红柿，精力倍增。然后换上泳衣，和朋友们迫不及待地冲向这太平洋最美的天堂岛屿。

我们开上据说是全夏威夷最美的61号公路，直奔可以潜水的恐龙湾（Hanauma Bay），一路上阳光、沙滩、婆娑的海风椰林、高举着滑板冲向大海的少年，还有一律身穿比基尼的美丽少女们，这一切的一切，在我眼前构成了一幅完美的热带岛屿风情图。我不由得被这里浑然天成的曼妙和纯真深深地打动了，夏威夷，曾经对我来说是那么遥不可及，仿佛只有梦中才能到达，而现在，我就站在这里，站在这迷人的海滩上！

经过一夜的沉淀，清晨的海水是那么清澈，据说仅在水下六米深处就能看到海龟徜徉。我戴上浮潜的装置，平生第一次潜到大海里，在一片被阳光闪耀得翠绿冰蓝的海水中自由穿梭。无数优雅的热带鱼，闪着缎子一般的光泽，一点儿也不怕人地在我身边游来游去，有一条蓝鱼特别酷，和我打了个照面后并没有像其他鱼儿那样绕过我，而是气定神闲地一边扭一边靠近，最后从我的鼻尖上慢腾腾地游了过去，逗得我立刻追上去摸了它一下。

下午的时候，我们又前往著名的“大风口”，一路上，大片相连起伏的死火山静静地矗立在道旁。虽然那些滚烫的熔岩早已冷却在时光中，但一道道触目惊心的沟壑见证了它曾经的力量，我平生第一次见到了整座整座像被劈开了的群山，越野SUV从它脚下驶过显得是那么渺小，在那一瞬间，我确信我看到了“地球上的月球”。

终于抵达大风口，在山谷的巨大缝隙处，贯穿整个岛屿南北双向的风全从这里经过，是瓦胡岛本岛的“过堂风”。下车的时候刚好赶上一阵狂风袭来，那一刻的感觉就像是有人从外面使劲按着你的车门一样，根本推不开。这下体重轻的女孩们吓得把包都背上了，然后手拉着手地往峡谷里走。

越往里走，风越狂啸得肆无忌惮。最起码有九到十级，想和身边的人说两句话都费劲，耳边全是呼呼的风声，我披散着的长发都快把自己抽晕了，好不容易觉得风小了一点，刚要好好欣赏一下四周的景色，这时突然一阵邪风大作，本来站得稳稳的我突然间像被人推着一样，一个劲儿地往300多米峡谷的边缘处踉跄退去。我尖叫着，直到离我最近的一名外国游客扑过来一把抓住我，我们对视着，我觉得自己的脸都白了，紧紧地揪着他一个字也吐不出来。这是我在此之前的旅程中唯一真正后怕的一次，每每想起来都还心有余悸，那股蛮劲儿完全不受身体控制，力道之大让一向结实的我轻得像是脚底下没根儿，也让我真正领略到了大自然的威力。

据说在1941年12月7日凌晨，日本的飞行员曾利用大风口地形，从大风口的最低处飞向珍珠港，发动了太平洋战争。这里又曾经是古战场，传说当年的卡米哈米哈一世曾在这里与瓦胡岛酋长疯狂激战，当卡米哈米哈一世被逼到大风口的悬崖绝境处时，他不愿投降被俘，于是纵身跳下悬崖。而这时恰巧一阵狂风吹来，他身披的长袍被风托起，充当了降落伞的作用，使他安全着陆，并在有朝一日卷土重来，最终统治了整个夏威夷群岛，也使其成为了美国这块民主自由大陆上唯一一个曾经存在帝制的地方。

隔着这么多年的岁月，这些曾经威武鲜活的生命早已灰飞烟灭了，而这峡谷里的风却仍不知疲倦地穿梭着。站在断崖边的石栏内，我依然被吹得几近疯狂，但俯瞰整个瓦胡岛的风光美得令人战栗——整条海岸线在辽阔的晴空下一览无余，而我也终于亲眼见到了“把蓝天倒过来就是大海”是怎样一种摄人心魄的景象。

太平洋深处，掌声经久不息

晚上我们又去了岛上最负盛名的文化园区——波希米亚文化中心，并在这里度过了此生最为难忘的夜晚之一。

刚一进园，美丽的部落姑娘就为我戴上了由新鲜花朵串成的精致花环，欢迎我来参观他们引以为豪的家乡。这里处处是你从未见过的原始部落景观，过河要乘独木舟，想吃椰子先爬树，奇花异草与流水瀑布交相辉映，巨型石雕和神秘图腾随处可见。

看着眼前被保存得原汁原味的波希米亚文化，我不由得有些微微感动起来——在如今“全球化”的背景下，不知有多少传统的文明都随着人类社会的巨大变迁和融合而逐渐消失了，而这些人却有着极强的保护传统文化的意识，以及保护属于整个人类的大自然的意识。

在这里，整个大地都是原住民的朋友，一山一石、一草一木都是他们尊重的生灵，他们对自然充满虔诚，充满热爱，没有满脑子的黄金迷梦，是人类回不去的童年。而童年中的单纯、乐观、不设防等一切优点，这里的人也全都拥有。

接下来的时间里，我们随着人群，一起挤到宽敞的大剧场里，共同期待着他们有口皆碑的大型表演。

等到夜幕低垂，海风低鸣的时候，我确定我在这太平洋深处的小岛上看到了有生以来最激动人心的演出，整整两个小时的过程中我忘记拍照、忘记一切，深深沉浸在人性带给我的震撼里，结束时全场掌声雷动，经久不息，很多人眼中都闪着晶莹的泪光。我是全场第二个起立鼓掌的人，第一个是一位美国老先生。

通过这一晚，我才真正地了解了波希米亚人，以及其祖先撼动人心、负重坚忍的一生。

一开始就是一个土著成年男子在火山爆发时，带着大腹便便的、临盆的妻子逃生，狰狞的大地在他们脚下颤抖，炙热的空气中处处弥漫着火光的蒸汽，而一向温柔的大海此刻也在滔天的浊浪中怒吼嘶鸣着，人在这一片史前孤岛中显得是那么渺小那么纤弱，却又是那么顽强：他一次又一次地扶起摔倒在地已有阵痛的妻子，最后将她抱在胸前逆风狂奔，毫不退缩地与绝境交锋，向人们昭示着生命意志的巨大张力。

除了顽强和勇敢，演出还重在对“美”的宣扬和展示——纵观人类从远古的迷雾征程中一路走来，哪一个部落或族群的首领不是男子强壮、女子丰满？因为他们性征明显，因为他们代表着强大的生殖能力。在天地之初那种最贫瘠恶劣的环境中，人们必须拼命繁衍，壮大族群，以与自然抗争。因此，性是人类抵御恶劣自然环境的最古老手段，千万年来它具有非常的意义。

为什么现而今我们的眼睛全都对曲线分明、腰臀浑圆的女性格外敏感，为什么全世界数以亿计、大相径庭的人却全能在这一审美观念上保持高度一致？现在我明白了，这是来自人类祖先血液中根深蒂固的记忆，经过数百万年的艰辛变化发展已经深入骨血、形成本能。但很显然，在时光深处那片广袤狰狞的大地上，它最初的意义不是美，也无关快感，而是惨烈的——生存。

最终在历经千难万险后，少女生下一个强壮的男孩，整个部落沸腾了，无数火把映照着夜空，鼓声激昂，那从远古走来的狂野欢腾深深感染了每一个人。没有一句解说，没有一行字幕，完全靠原始的奏乐和波希米亚人的赤足起舞，向人们诉说着他们心底和魂灵中的奔放、热烈、勇敢与不羁，还有那自先祖遗传而来的内心的强大和精神的力量，这些力量在他们的血液中不断沸腾着，成就了此时此刻我眼前真正的太平洋原住民的至真至情和卓尔不群！

是夜，回到旅馆的时候才发现我已经累得筋疲力尽了，一上午的潜水已经消耗了很多体力，下午又和狂风作战，晚上的演出又把我激动得神魂颠倒亢奋难平，但是，正如我曾经读到的一句话所说的那样：“每夜你上床时，一定要觉得——今天可真活了个够——那么你的一生都没有遗憾。”

你是我远离你时永远的回程票

当我终于登上曾在二战期间服役的密苏里号战列舰时，已是珍珠港的血色黄昏。各种重型机枪和高射炮，蒙着历史的尘埃和荣耀。它矗立在夕阳惨烈的余晖里，旧日辉煌虽已荡然无存，但遍体的伤痕都是它的勋章。

在这里，我们看到了二战受降仪式的一切资料，包括 1945 年 9 月 2 号日本签署的无条件投降书，就是在那一天，枪声平息了，巨大的灾难结束了，而密苏里号战列舰也因见证了人类这一伟大的历史性时刻而名扬天下。

然而，二战虽然结束了，美国人却无法忘记给他们带来深深创痛的珍珠港事件，以及在此次事件中遭到空袭的主力舰“亚利桑那”号。

珍珠港事件纪念馆就建在“亚利桑那”号残骸的上方，我们是透过水看到的当年被击沉的巨大战舰，还有这么多年从没停止渗出的滴滴燃油，这些燃油被称为“亚利桑那之泪（the tears of Arizona）”。

从二战至今，它就待在它最初沉没的地方，每年有无数人从全世界各地赶来，凭吊他们从不相识的、在 1941 年 12 月 7 日清晨被夺去生命的美国年轻军人。整整一面墙都是牺牲者的名字，1177 个英魂，没有一个被遗落——在这里，他们永远被铭记。

望着纪念册上“亚利桑那”号在滔天的火光和滚滚浓烟中悲壮倾斜，再看着那些年轻水手生前在军舰上的照片，那些充满着活力的笑容，有的人还亲吻着未婚妻的情书，不由得令人感叹唏嘘。

当最终乘船离开的时候，回望这座水上的建筑，突然间觉得它更像是一具横架在“亚利桑那”号残骸之上的白色棺木，这矗立在大洋深处的纪念碑，也许是全世界最为独特的纪念碑。而在那深邃的海底，美丽的珊瑚间，伴着涨落不息的海潮声，这些水手能够安息了吗？他们还活在爱他们的人的心底吗？也许，一切都只是像道格拉斯·麦克阿瑟将军所说的那样——他们并没有死，而只是渐渐地凋零了。

这就是所有老兵的辛酸和骄傲吗？战士永不死，只是渐秋黄。

…………

真正的天堂还是毛伊岛，这里没有之前的瓦胡岛那样游人如织，景点丰富，而是真正闲散的梦寐之地，可以忘记忧愁的世外桃源。

每天骑着马来到悬崖边，眺望真正的梦中的大海，看亘古不变的太平洋海水来了又回，不用出海，因为大迁徙中成群的野生鲸就在不远处的悬崖下频频显身，据说在这里打高尔夫球最大的困扰就是——总是不由自主地被面前开阔的景色所吸引。

如果你想和我们一样真正放松，那就拿着梨、桃子和柠檬混合的新鲜果酒，清爽沁甜，醉意正好，微醺的时候就在山上躺下，在那悠长娴静的午后，永远停留在这亘古不变的夏日的奢靡天堂。这个世界中没有喧嚣，没有纷扰，只有快要融化你的蓝天，和海浪的声音。

毛伊岛是我生命中最真纯的一段日子，它把我变得纯粹，好像本身就是自然的一部分，从未疏离。

怪不得马克·吐温自 1866 年乘船来到夏威夷后，之后的数十年间再也无法将它忘记，直可惜自己不是归人，只是个过客。正如他在晚年时写道的那样："世界上没有任何地方像夏威夷那样使我迷恋、终身难忘。二十年来，或梦或醒，夏威夷总是让我梦牵魂萦。多少记忆消失了，夏威夷却历历在目；人生沧海桑田，夏威夷却还一如既往。"

夕阳下，一次又一次起伏的浪，眷恋地轻抚着古老的小岛，千年忠贞，万年如一。让人不由感叹真正的爱情也不过如此了罢——我不离开你，就像岛屿在海洋里。

这样的日子，什么时候还会有？在夏威夷或者在梦里。

…………

挥别了这涛声深处遗世的天堂岛，我也重返现实世界，即将踏上归途，回京开展对毕业论文的一切采访工作，也要见到阔别已久的家人。

旋转半个地球的旅途上，我都在想些什么，是近乡情更切吗？为什么自飞机冲入云层的那一刻起我的心就像是快要蹦出胸口？我已无从分辨任何思想，我只知道我在一点点地离开美利坚大陆，一点一点靠近我北京的家！

对于我来说，它是冰糖葫芦，是瓷瓶酸奶，是巍峨的城门，是什刹海的风，它是我儿时划过蓝天的鸽哨，也是胡同里斑驳的砖墙，它是冬雪中掩埋了一世繁华的紫禁城，也是无声流淌着的护城河……

而如今，无论我走到哪里，亲身感受到这世界上哪一个角落的繁华，北京，你在我心中都无可取代！只因你是妈妈满含不落的眼泪，是爸爸无声疼爱的臂膀，你便是我远离你时永远的回程票，是我走近你时永远开着的那扇门！

Chapter 5
无论多难，我都绝对不会放弃

也许我会身心俱疲，又或我会痛尝失败，

但我知道，无论多难，

我都会像这里任何一个奔腾不息的生命一样，

绝对不会放弃了。

人间至痛，他走了

再回到学校的时候，最后一个学期开始了。而它不愧为毕业季，刚一开学就让我感到了一种说不出来的、仿佛大战在即的紧迫感和压抑感，这种感觉让我还没有从团圆的热烈温暖中回过神儿来，就一头扎进了忙得超出想象的生活里。

一个平常的周末清晨，由于很久没有和家里联系过了，我打了个电话回国，向妈妈解释了下最近很忙，又照例询问了一下家人尤其是爷爷的身体，突然有一个瞬间，我觉得她听起来似乎有些不一样，虽然非常微妙而难以察觉，但敏感如我，还是听出了她嗓音中那份不自然与克制。那是一种只有最亲密的人才能感知到的异样。但我还是没有意识到什么正在等着我，突然，只听她哭了出来，哽咽着叫着我的小名，对我说："宝宝，妈妈跟你说，爷爷去世了，就在你回美国后不久。"

在那一个瞬间，我的意识仿佛全部停转了，唯一的念头就是想立刻来到她身边，看着她的眼睛，似乎只有这样才能理解她所说的内容。

可我知道她是不会骗我的。但这怎么可能呢？我冬天在北京才刚刚见过他，他还对着我清清楚楚地说："文思，我等着你。"而现在，在我还没有来得及回去的时候，他已经默默地离开我了。世界上最爱我的人，最以我为荣的人，我还有好多话没跟您说，好多经历没来得及和您分享，我以为您会和往常一样，等着我毕业，等着我归来，我还有更好的日子要与您同行，我还没曾好好地孝顺过您！

此时窗外的世界春深似海，所有的一切都随着人间四月天的到来而光彩重生，而我的心在这一片明艳中被击垮了，过了好一会儿泪水才决堤般的涌出来。

爷爷的家是当年北京牛街的大户，纯正的回民血统给了他出众的相貌，深目高鼻的轮廓让他在人群中十分显眼，仪表不俗。他的父亲做古玩玉器生意，家境殷实富足，向来衣食无忧。然而，正当所有人都以为这种平顺日子就是一生的时候，"文化大革命"爆发了。

由于我爷爷的父亲在当时有名有钱，所以头一批遭到迫害。那个年代大家都穿得破破烂烂的，就他穿西装，特别招人嫉恨，甚至就连平日里坐人力车回家也成了不可饶恕的罪过——其实当时并不只他一个人这样，但有些识时务的就会让拉车的停在离家不远的地方，然后走着回去，而他总是很自然地让车子直接停在胡同里的家门口，被人看得多了，就成了攻击他的手段。

于是，一生成功优越的他，开始被迫在清晨扫街，接受监督改造。但和别人不一样的是，他总是夜里三点多钟就爬起来扫，从不按照规定的时间。我眼前不由得出现这样一幅景象：北京深冬的夜里，狂风呼啸，一个老人急匆匆地出来扫街，他扫着尘土，扫着枯枝，扫着那些被风卷起的不死不活的纸屑。无星也无月的寒夜下，他佝背弓腰的身影好似融进了那团无边漆黑中一样看不分明。而每当天空开始渐渐泛出一丝光亮，灰色的屋檐也开始显现出轮廓，甚至连墙上贴着的鲜红的“最高指示”也能够看清的时候，他便神色紧张地逃回家里。

然而这样做的结果就是不一会儿便有人找上门来，斥责他扫得不够干净还竟然早退，继而就会上升到没有认识到自己的罪恶，对抗无产阶级专政等，让全家人都压力巨大。

然而现在想起来，自尊如他，只是本能地不愿让人看见罢了，不愿那些住了大半生的熟人，如今全都对着自己的厄运唏嘘议论不已。

但这又怎么躲得开呢？除了扫街，还要一场场地陪斗，下午还要去街道办的“专政学习班”交代问题，最后把自己的房子都交出来充公，甚至就连卖古玩古董的钱和毕生的积蓄存款也都全部上缴了。但即使这样，还是丝毫没有改变处处被孤立、被刁难的现状，甚至没能减少那些语言上的侮辱和落井下石。

一个平常的深夜，万籁俱寂，快要熟睡的爷爷突然听到院子里有异样的声响，出去一看，只见九月清润明亮的月光下，一个人倒在地上，喉咙里的鲜血已经喷射不出来了，但还在汩汩地往外冒，眼睛还没有闭上。而这个人正是自己的父亲，手里还攥着一把菜刀。当时年轻的爷爷惊呆了，他万万没有想到这一幕会发生，而且就发生在自己眼前。

在北京一年最好的季节里，他却选择了这样一种方式，没有留下一句话，就这样不甘而又匆匆地离开了。

很显然，希望不是一下子破灭的，而是丝丝缕缕、一点点破灭的，这个漫长的过程，犹如用钝刀子杀人，刀刀痛之入骨，但理智和感觉却都无比清醒，无处可逃。

后来爷爷随着自己年龄的增长，开始明白那是一种怎样的绝境和心情，要经过怎样的痛苦和折磨，他深深地自责，后悔自己没有特别地在意他，也没能及时地劝解他。但是在那样一个可怖的年代里，每个人都承受着极大的压力，他自己也三天两头地就被叫去做检查，交代在思想上有何觉悟，或是如何划清和这个家的界限。就连自己的小孩在学校也被欺负得头破血流，被叫作“资本家的狗崽子”“资产阶级的孝子贤孙”。

那个时候的人们不会彼此鼓舞——“留得青山在，不怕没柴烧”，这是历史的观念，是高处的观念，是清醒超然的后来人的观念，而当时惶惶不可终日的人们根本不可能有那个觉悟，事实上是，任何一句无意中说错的话都可能包含着任何你想得到和想不到的危险，可能给你和你的家庭带来任何想得到和想不到的灾难。于是，他们身不由己，仗马寒蝉，在似乎永远不会醒来的噩梦中苦撑苦熬着。

每当想到这里，我的心总是浸满悲伤，那是一个什么样狰狞扭曲的年代啊，人们迫于一个什么样的理由而不得不对立撕裂着，而这么多年过去了，终于清醒过来的时候，剩下的只是一去不复返的青春，被人愚弄的愤怒，以及无人偿还的悲哀。

留给我思念，别留给我绝望

不知道是不是有这件事的关系，爷爷的性格一直沉默寡言，什么话都闷在心里。而且人极认真刻板，不会说八面玲珑的话，也不懂人情世故。比如领导要他挑什么错，他就全心全意地给人家挑，改动很大，虽然比原来好很多，可领导也不感激他。

他一生踏实勤奋，头脑过人，然而时运不佳。他也清楚这里面有自己性格的原因，但这是没有办法改变的事情，他也无法使自己变得圆滑老练。但我至今都认为，那些所谓“不成熟”的耿直是珍贵的，而一些世故一些成熟是卑鄙的。

其实我小的时候，由于他刻板的性格，并不十分了解他。但爷爷喜欢要强上进的孩子，曾有一次跟奶奶说：“这些孩子里最像我的就是文思。”长大后的我以这句话为最高荣誉，并在一次次热流涌过心间的动容中恍然明白，原来他的肯定对我来说是那么重要。

我这辈子和他最亲近的岁月就是我在美国念书的日子。他时刻惦念着我，我越洋电话里随口说出的一点小事、无意中流露出的一丝沮丧都让他记挂在心，就像这次回国采访，我随口提到了论文的艰难和面对最后一个学期的压力，结果第二天他就打电话给我，说他想了一夜，有好多话要开导我。时至今日，我仍忘不了他语调中那份真实的忧虑，这就是爱吗？当所有人都关注你是否全力冲刺时，他却矛盾地只想你省些力气。

然而，命运好似格外苛待他，一生颠簸不顺的他老年时又得了严重的帕金森症，一动起来完全不受控制，几步路都走得歪歪斜斜，不是碰翻了这个，就是撞倒了那个，有时在外面犯起病来，在周围人探奇的目光中不受控制地摆动是他最大的痛苦。有尊严如他，这是最残酷的事。

有一次我去看他，刚好赶上他病重，手不听使唤地挥着，能看出他在尽全力控制着，但根本没用，脸上是一片难堪的无奈，奶奶怕吓着我，也心疼他，急得快要掉下眼泪。而他，开始不着边际地问我一些在学校的事情，比如“你们老师真的会坐在校园草坪上讲课吗？”“你现在英语已经和美国同学一样好了吧”……其实我晓得他根本顾不上自己在问什么，而只是本能地想转移我的注意力，不愿自己那样的形象被人关注。于是我眼睛看着别处，假装回忆着，好像全部心思都用来思考他给我提出的问题而根本没有留意他的举动一样，渐渐的，我觉得他开始听得进我的话了，再提的问题也能和我之前所说的接上了，我们变成了真正的一问一答，我也能感觉到他痉挛的手指在我的掌心里慢慢地舒缓和安静下来。

与全身肌肉对抗耗尽了他所剩无几的体力，望着他迅速消瘦、几乎脱形的脸，还有旁边书桌上摆着的旧相片，我心中不由得一阵恻然。相片中的他正生动地望着我，那时候的他还很年轻，意气风发，眼神中充满希望，对岁月正等着他承受的所有不幸都浑然不觉。我心中的痛，一点一点地散开来，所有一路走来、坎坷孤独的人啊，你们为什么要受苦啊？

这时爸爸也走到电话旁，告诉我，有件事他谁都没说，就是爷爷最后昏迷的时候，他进监护室在爷爷耳边说："文思快回来了，她让您等着她！"当时爷爷努力地睁开了眼睛，爸爸说，他当时就感觉到爷爷可能听错了，可能以为是我已经回来了，所以，那几天都毫无生气的他，一听到那句话，就使劲睁开了眼睛。

我的心彻底碎了。

还记得回美国之前，离家的时候我最后在门边笑着看了他一眼，我们对望着，全然不知道这一眼在我们彼此生命中都意味着什么。现在回想起来，他那么瘦小佝偻，绝不似一直以来挺拔的形象。岁月最终还是在他的额上轰轰烈烈地碾过，留下了长河流淌过的沟壑。这场时光的洪灾终于摧毁了你，我亲爱的你，你什么时候已经像一棵耗尽生机的植物，只有匍匐在大地上。

我就那样毫无预感地转身离开了。

而现在，我愿意立即回去，甚至推迟航班，如果能再跟他同桌吃一餐饭，再听他叮嘱我一遍那些已经叮嘱了很多遍的话，再跟他拥抱一次。

是的，再拥抱一次。

没有多少人真正了解时光的含义，并不是所有人都懂得它的决绝。

在这个“最是一年春好处”的时节，家人搀着奶奶去墓地，我不忍听她的反应。可怜无定河边骨，犹是春闺梦里人啊！只是，墓地可以离他更近一些吗？我不由得想起曾读过的一首诗：

不要在我的坟上哭泣
因我不在那里
也未沉睡
我是呼啸的狂风
是雪上闪耀的冰晶
我是麦田上的阳光
也是温和的秋雨
你在晨曦的寂静中醒来
我已化作无声的鸟儿振翅疾飞
我是温柔的星群
在暗夜中闪烁着微光
不要在我的坟上哭泣

因我不在那里

…………

那么，他在哪里？我只能想成是他去了一个遥远的地方，并在那里好好地生活着，因为只有这样，留给我的才能是思念，而不是绝望。

那个永远都耐心地听我讲所有小事情、真正看穿我在活泼爱美的外表下是一个多么坚定的灵魂并引以为豪，身体极度衰弱却在我每次进门时都站起来迎接的人在我生命中出现了 24 年然后离开，他是支撑我精神王国最牢固的支点之一，如今的他在这片无边苍穹的哪一个角落里默默存在着，那里应该没有现世的痛苦，没有回忆的折磨，只有他褪尽沧桑，平静而行，穿着我记忆中的衣裳。

这么多美国学生都没毕业，那我呢

而此时，我在美国的日子也正是生死攸关之际，论文只剩下最后半个学期，弹指将至的毕业答辩也正等着为我整个的留学岁月一锤定音。

那段日子里我无休无眠，生命的主轴就是整理录音笔中长达 17 个小时的采访记录——先把它们一字不漏地听写下来，再全部翻译成英文，然后日夜通读，筛选出其中的有价值信息来回答之前论文中所提出的每一个研究问题……好不容易赶在交稿之前写完了，迪兰教授却把我请到她美丽明净的办公室，和我连谈四个多小时的修改意见。那一阵，我觉得我的脑汁都要干涸了，脑子也好像被混凝土填满了似的再也灌不进一点儿东西。

就这样，我的论文终于在毕业迫在眉睫的时候进入了瓶颈期，一切都停滞了，时间越逼近，我的思绪就越混乱，上交的章节也一次次被驳回，但无论时间多么紧迫，迪兰教授都坚持要我自己磨、自己想，而她只是点到为止，绝不帮我改一个字——我心里明白她是对的，但在当时那种一夜又一夜漫长而具体的殚精竭虑中，我还是被她这种铁面无私的原则折磨得快要崩溃。

然而更大的冲击还在后面，一天头昏脑涨的我帮系里整理资料时，无意中发现满满的一层抽屉都是学生的履历，美国和别国的都有。我问另一个助教这么多履历都是哪儿来的，他抬头看了一眼，不以为然地说："这都是往届没能毕业的或是自己觉得读不下去了而中途退学的学生的资料，多的是，那边还有两个抽屉。"我望着眼前厚厚的资料怔住了，他说得轻描淡写，但在我听来却如同惊雷，心也一下子沉了下去：这么多美国学生都没毕业，那……我呢？剩余的那一天里我觉得自己就像一个恍惚的影子在飘，晚上回到宿舍的时候还没有缓过神儿来，对着满眼都是红笔批改意见的论文第一次心乱如麻、头痛欲裂，一个字也看不进去。

对于当时已经承受着极大压力的我来说，这件事无异于"压垮骆驼的最后一根稻草"，让我的信心在这个无比紧要的关头，终于跌到了前所未有的最低点。毕业已经进入倒计时，这个让我一路走来、几乎倾尽所有的目标，从来不曾如此靠近，却也从来不曾如此遥远。

而爷爷，全世界真正爱我和愿意懂我的人之一，我竟连最后一句话都没说上，巨大的悲伤和遗憾日夜如影相随，无计可消，当我把音响声开到最大，在 *Tears in Heaven* 的歌声中把眼泪流干，却不知我的思念才刚开头；我无数次地告诉自己，他是去了一个更好的地方，而我也要转身向前，继续我自己的生活，却不知我的后遗症，才刚刚开始。那段日子里，天越蓝我就越不敢抬头看，人群越欢闹我就越感到迷惘而失落。

然而时间不顾我的惶惶，兀自向前，毫不留情地一天天逼近，终于，巨大的压力夺走了我的睡眠，我开始夜夜睁眼到天明，白天极度疲乏萎顿，精神难以集中，一次和迪兰教授讨论问题，本来一小时内就能结束的问题我们耗了将近一个下午，我能感到迪兰教授也十分疲惫而勉强，而我，对着已经不可能按时完成的论文，第一次想到了放弃。

那是我生命中最黑暗的日子，我又回到了一个人整夜坐在漆黑宿舍里的状态，更可怕的是，我觉得一切动力都消失了，而只剩下了无比清晰的不安和恐惧，让我在这黎明前最浓重的黑夜里像一个迷路的孩子，不知前途也不知归路。

直到一个周末，男朋友见我的压力太大，要带我去美国西部的犹他州旅行，放松几天。在这个焦头烂额的节骨眼儿上，他本做足准备要说服我，没想到我却毫不迟疑地答应了。

万念俱灰的人还有什么可犹豫的呢？带我走吧，无论是哪里，我只想逃离。

西部荒野的启示

终于行驶在落基山脚下了。

我该怎么形容你，这一片无尽的荒原。天蓝得简直有些刺目，笔直的公路在高远的天空下绵延不尽，风猎猎地拂过干草，发出哗啦哗啦的响声，这一片寂寞得刻骨的风景啊！它并不美，却带给我一种陌生的震撼。

当广袤的大峡谷地蓦然出现在眼前的一瞬间，我感觉呼吸都要停止了，在那一刻，我真正理解了为什么当印第安人第一次发现这里，会跪地流泪大喊——“圣地！”

晴朗的蓝色天空下，不知曾有过什么样的激烈力量，可以把这片大地撼动得如此狰狞。

目之所及，数不清的峡谷、孤峰、台地和石阵矗立在一望无际的荒凉高原上，千沟万壑，纵横错落。空气里是那么安静，只听得到四下旷野里飒飒的风声。在这里，没有一丝来自人类文明的噪音，更没有一点儿人工雕琢的痕迹，有的，只是大自然千万年来的鬼斧神工。

我的双耳平生第一次变得敏感，似乎只为自然而开，我们都心有灵犀地不再交谈，而只是默默前行着，聆听着一切风中、草间和泥土中的纯净声音。

峡谷地让我的眼睛和心灵都经历了前所未有的壮阔盛宴，尤其是当夕阳西下时，整片大地有种苍凉的美感，简直令人心碎，这世上怎么可以有这么粗糙感人，毫不矫揉造作的景色呢？一亿年的时光真的没有白费，把这里雕琢得如此壮丽！只有当你亲自站在这里，才能真正理解为什么眼前的一切能让人语言极度贫乏而只有想要流泪的冲动，还有台湾作家白先勇先生曾说过的那句——“这世间的一切，美到极致，都有一种凄凉。”

带着峡谷地给我的深深震撼，我们又来到犹他州的最主要地标，天然形成的巨型拱门。仰望着蓝天下高不可及的它，抚摸着坚硬的表层，我简直难以想象，这坚不可摧的橘色砂岩竟是被风镂空至此的！它一定已经在此处默默矗立了上万个世纪，看尽了斗转星移、岁月漫长，直到被雕刻成雄关一道。

在这里，每一刻天光的变化都让拱门的结构和样貌看起来各不相同，神奇的光影变化让人叹为观止，不忍离去。我看着阳光灼烤着一亿年亘古不变的巨石，又看着大地在最后一丝天光消逝前转化为一片诗意的苍凉。到了这里，才知道自身有多么渺小，才由衷地涌起对自然力量的敬畏。相信我，这是世间最伟大的作品，一切人工雕琢的美丽和精致都无可比拟。

不得不承认，犹他荒野之行和我之前想象的大相径庭——没有一贯的闲散，更没有舒适和惬意，事实是我们每天都要身背六升水，手脚并用、跋山涉水，吃饭是在越野车里啃汉堡，洗澡是靠冲锋速度因为会停水，还要抛弃美丽的高跟鞋和长裙……但是，这无尽荒原上的绝世美景弥补了一切。

当到达 9600 英尺的高原顶上时，我感觉纯净得心灵都通透了，空气清新得像泉水，能看到阳光在亮晶晶的积雪上跳跃。这里真的就像《挪威的森林》——“那里的湖面总是澄清，那里的空气充满宁静”，形容得再恰当不过了。一路上好几次都在道边看到了野生的小鹿，悠闲自得，从容不迫，见我靠近也毫不在意，反而直起身，充满好奇地凝视着镜头。路上飞驰着各种大奔 SUV，旁边就是纯野生生态，这种人与自然真正的和谐让我们都多少有点儿感动。

好像被擦洗过的明净蓝天下，在约翰 · 丹佛的《乡村路带我回家》的吉他铮锹之声中，车子沿着笔直的高原天路一路向北。是犹他州让我真正体会到了“在路上”的情怀和乐趣，这比最终到达目的地本身还让人意犹未尽，回味无穷。

最后一天，我们来到了向往已久的锡安峡谷，来攀登壁立千仞的“天使降临峰”（Angle’s Landing），挑战一下自我极限。

站在山脚下的时候，我想我终于理解了她名字的真正由来——只有天使能从天上“降临”到那里，而人从下面是上不去的。

鲫鱼背一样又窄又滑的山脊，顶峰高耸入云，而且最后一段是完全没有路的，只有冰凉彻骨的铁链和左右两旁五百多米的悬崖绝壁。

真正刺激的时刻到来了，我们征服了所有山路，开始向着铁索开道的顶峰冲刺。但没想到的是，攀到一半我的手指就冻僵了，感觉连拳头都握不紧，现在回头想想简直是太不要命了，因为没有任何保护措施的我们，整个过程其实就是靠着双手的力气抓牢铁链，然后带动身体向上攀，要是一个手指不得劲儿没抓牢的话，直接就可以自己变身为天使了。

我至今记得有一处地方特别险，崖壁上居然一根铁链也没有，全靠手脚攀登。虽然我事先知道有的个别路段是没有铁链帮助的，但绝没想到会是这种险境——几乎呈九十度直上直下的陡壁上只有浅浅突出来的岩层，最窄的地方不足一米。脚下是万丈深谷，耳边是像要把人整个儿掀下去的狂风尖啸，我当时哭着趴在山壁上，高举双手，好像投降姿势一般的揪着两小丛石缝里的野草，既不敢往下看，也不敢往上看，双膝发软，完完全全被卡在那儿，再也动不了了。

后面的人全都挂在山壁上，在呼呼的大风中等着我，但谁也不敢催我，最后是他冒险迂回接近我，每一步踩在山石表面沙子上打滑的声音都震颤着我的心，他毫不犹豫地贴近我，托住我的腰，我能感到我的肾上腺素在极速飙升，两条胳膊不受控制地剧烈颤抖着，最后抱着“黄沙百战穿金甲，不破楼兰终不还”的决心，咬紧牙关，一横心一使劲，借着他的托力和双腿的蹬劲儿攀上去了。这时我听到下面的人齐声喝彩。

最终到达后，我基本上已经九死一生了，但此刻的感受却可谓千金不换，那是一种突破自我极限后的极度畅快与充实，何况无限风光在险峰，俯瞰整个锡安河谷，果然有种上帝视线的感觉，景色壮丽得无与伦比。

在这绝顶之上，我之前的一切怯弱和犹疑似乎都消失了，俯视整片河谷，我仿佛看到了当年拓荒者们的足迹，艰苦的自然没能挡住他们的步伐，精神上的孤独也没能阻止他们前进，他们历尽千难万险，在维琴河的涛声中向新生活进发。这就是开拓精神，这就是西部精神！虽然这些人早已灰飞烟灭，但他们当年风雨兼程的坚毅身影却好似群雕一样，在我的脑海中再也挥之不去。

而这里的所有生命，不也正像他们一样的顽强、独特而不经修饰吗？我回想起这一路驶来最常见的景象，目之所及那一片怒放的野地荆棘，在灼晒的烈日下，显出一派强烈痛苦的诗意。还有近在眼前的这棵已经伸出悬崖边的强悍松树，即使要用根部紧紧地抓住粗粝的岩石，也仍用尽全力地生长着。

我终于明白，从踏上这片洪荒大地的第一个瞬间就深深淹没我的、无法用语言形容的震撼，还有触动我内心的一切感受，正是来源于这里一切弱小生命的顽强生命力。是它们让我明白了，为什么对于城市中精美婀娜的盆栽我毫不动容，却能被这里痛苦拔节的一草一木所深深打动，因为那是生命的力量！而生命的力量就在于不顺从，它触及心灵的动人和大美从来都是在逆境和挣扎中才能显现出来的！

犹他州，这片混沌的荒凉高原，没有东西两岸的繁华和文明，更没有南部和太平洋岛屿的闲适和梦幻，有的只是无尽的苍凉和近乎惨烈的大地。但是它却给了我平生从未有过的启示。如果说我曾经经历过的那些是金子，光芒四射，那么它的荒野对我来说就是更贴近生命本质的玉石——绚丽之极归于平淡。

我也明白了爱我的他的良苦用心，也许，面对巨大的人世间的悲愁，也只有自然的力量才能够抚平。

天使降临峰耗尽了我的体力，雪域高原上的雪水洗净了我的灵魂，像远古一样纯净的苍穹包容了我所有委屈，而这里每一个看似枯萎、实则怒放的生命都为我注入了新的力量——那种在最贫瘠恶劣环境中还依然昂扬的生命力，像一团旺盛燃烧的火焰，正迅猛烘干着我生命中沤烟的湿柴。

在一阵突如其来的泪水激荡中我明白了，我那万丈的雄心，连同与生俱来的执着，其实从来没有消失过，它潜藏在我灵魂的深处，痛苦地想要突破我软弱的肉体。而现在，我要带着它回到我最初逃离的地方，完成由我亲自开始的所有一切。也许我会身心俱疲，又或我会痛尝失败，但我知道，无论多难，我都会像这里任何一个奔腾不息的生命一样，绝对不会放弃了。

在离开前的这一刻，我的心中满是感激，因为一直是我在受这片大地的恩惠。

犹他州，我的美国西部荒野，你永远不朽！感谢你那亘古无言的荒凉，还有那荒凉外表下、深层里生命的喧嚣。

Chapter 6

我居然真的做到了

因为我们毕业，所以再疯狂的举动也有人理解，

因为毕业，今天我们可以不矜持，不成熟，不克制，这是我们最后一个放纵的理由。

爱在心底，不会不辞而别。

异乡温柔的夜幕下，伴随着一群年轻人的失声痛哭，一个时代终结了。

背水一战，非死即活

返校的路上我归心似箭，信心百倍面对一切。

一回来我就伏案写论文，心情平静。浪费的时间我毫不后悔，离开是为了更好地回来，人生有的时候是一条曲线。

然而现实残酷，回来后的第一次修改就又被无情地打了回来，但我毫不气馁，那时候的我把四处听到的名言贴成一墙——伟大政治家丘吉尔说过的“成功并不神秘，成功即从一个失败到另一个失败而热忱不减”；里克尔的“哪有什么胜利可言，挺住意味着一切”；无名氏的“不是看到了希望才去坚持，而是坚持了才能看到希望”；还有我同学的那一句：“怕什么？就算拼到一无所有了……明早醒来，还有青春！”

那段时间，我不再去想那整整一抽屉的退学资料，也不再预先想象失败的痛苦和煎熬，而是心无旁骛地专注于眼前的一切。我的桌上重新码满了咖啡，我的电脑液晶屏彻夜闪着微光。我仿佛又回到了二十岁报考美国的日子，在丝毫不预知任何结果的情况下背水一战。

这期间不断有人联系我，问可不可以来旁听我系里的答辩，我都说可以，让他们直接去找负责此类事宜的教授，直到答辩的前一天这位教授不无惊异地对我说，我是我们系唯一一个答辩能有这么多美国学生来旁听的外国人。

那一天真正到来了，届时离研院定下的截止日期只有三天了，连国内的人都严阵以待，爸妈手机彻夜开着等我的消息。

那天的阵容是：我正装出席的论文导师桑德拉·迪兰，大众传媒系所在学院的院长，我论文委员组的全体成员，以及后排坐满的美国同学。

当迪兰教授点头示意我可以开始的时候，全场一下子安静下来，所有人鸦雀无声地听我做论文概述，而我，要在语言精练的前提下尽可能提供多的信息，而且这个过程一定要生动，要鲜活——也就是说，在听完我的解释后，连你一百岁的太祖母都能轻而易举地理解“新媒体”“格鲁尼格的四大公关模型”以及“社会判断理论”这样的晦涩概念。除此之外，我还要从最初想做这个研究的目的一直讲到而今这份研究还存有哪些限制，以及将来在哪些方面还能有所突破。

讲到一半，我突然看见迪兰教授用手势轻轻示意我把语速降下来，我这才知道我太投入了，而且有点紧张，致使语速非常流利，并一再加快，显得不够沉稳。

终于，自由提问的时间到了，这也是我最发怵的部分，因为它意味着任何人、任何问题，甚至任何质疑，都可以在这时候当场提出来，而我无法事先准备的回答才是他们评审的主要依据。而且不要寄希望于自己院里的教授就会偏袒自己的学生，无数人亲身证明了他们提问时是绝不留情，刁钻至极，只因他们要给研究院上交的是非常正规并且高质量的论文。

果然，提问涉及广泛，极其综合复杂，而我在一片狂轰滥炸中渐渐无比感激起迪兰教授来——她那时把我逼得半夜里想要撞墙的铁面无私终于在此刻神奇奏效了，我发现自己几乎对每一个问题都心有定见，胸有成竹，这才深深明白她那时为何不顾时间紧迫、坚持一切由我独立苦思，因为就算导师帮你改，最后答辩的这一天还是要靠你自己，这时候你是真正明白还是一知半解就会一目了然，真假自现。

终于结束的时候，教授们按惯例请我出去，给他们时间商定最终结果。我和所有同学都出去了，然后我的记忆就中断了……不管事后如何回忆，我始终记不起来这段时间内我究竟想了些什么，但我可以肯定地告诉你，等待永远是最难熬的部分。

不知过了多长时间，紧闭着的门终于响了，我被叫进去，被告知他们已经达成一致了。我在长条会议桌的一头顺从地坐下来，望着所有在那一头的掌握着我生杀大权的教授，他们也正微笑地看着我。我回以微笑，同时把手轻轻移到桌子下面的膝盖上，因为在那里它们可以安全地发抖。上帝做证，这几秒钟的停顿对我来说是那么漫长，就好像几个世纪一样，此时我的大脑基本是空白的，之前的一切信心突然没了，而只是眼睛望着他们，被动地等待着宣判。

这时迪兰教授开口了，但她并没有叫我那个她已叫了整整两年的英文昵称，而是正式地称我为“Miss Yin（尹小姐）”，她说道：“尹小姐，恭喜你，你的答辩通过了。”

我的眼泪一下子夺眶而出。

我的老师们走过来，挨个儿拥抱祝贺我。我望着我金发碧眼的严肃导师桑德拉·迪兰，她此时正微笑着对我张开双臂，由衷地拥抱着我说：“Good girl, that’s my good girl.”（好姑娘，这才是我的好姑娘呢。）

也许在别人眼里她还是那么威严、冷静、不带一丝感情，但此刻在她散发着淡淡香气的怀里，我觉得我是那么爱她、亲近她，她是一个真正的无私的人，一个好老师，是她帮助我发现了一个更好的自己。

对此我将永怀感激。

…………

接下来就是能有多快就多快地把论文交给研究院，因为他们还要毫不手软地进行终极审核，而我离最后期限只剩下不到三天的时间了。

这三天是我经历的永远难忘的三天，没有任何思想，没有任何杂念，每天就是把厚厚的论文送往研院，然后就跟中戏或者北影门口等角色的群众演员一样，就在原地等，等到我的被批改完了，连宿舍都不回，直接找一个教室就改，根本顾不上有没有人在听课，所以经常是一群漂亮活泼的美国男孩女孩在前面上课，而我则一脸凝重苦大仇深地在最后一排改论文。

此时我的论文已经没有任何原则上的问题了，但依然能挑出一些细小的错来。这个过程中我再次“悲壮”地见证了美国人严谨起来是一种多么可怕的状态，尤其研院那个外号“Hawk-eye”（鹰眼）的教授，太对得起他的外号了，简直就是用生命在挑错。之前的传闻中说他只要随便一翻，就连标点符号中的错都能看出来，而到了我这里更加夸张——他甚至连我前后两个括号用的字体不一样都能看出来！而诸如此类的错他仅一会儿工夫就挑出了好几十个，让我在修改的时候数次瞬间石化，真想长跪不起。

最后一天，在终于得到“全部通过，可以打印”的首肯后，我疯了似的跑去买了印有学校标志水印的好纸张，然后扛在肩头一路狂奔着去打印，整个过程堪称来去如风，踏雪无痕。

当我最终把完美的打印稿递到研院院长手里的时候，我知道，我终于在截止日期的当天完成了一本书一样厚的，凝结着无数思考、智慧、行动和心血的论文——我居然真的做到了！

走在美丽的校园里，我百感交集，这么长时间以来，我头一次不用跑的，而是可以慢慢走在校园里。看着每一个迎面而来的面孔，我知道在他们眼里我的表情一定有点儿恍若隔世，可谁知道我心里感慨万千。回到宿舍，我第一次手足无措，坐在电脑前竟不知道该干点儿什么，此前的我曾无数次幻想过要如何狠狠地享受这一刻，可当它真正到来的时候，我却悲喜从生地坐在这里，一点儿力气也没有了。

永生难忘的一天

接下来是参加盛大的毕业典礼，那是我永生难忘的一天，好似欧洲中心教堂一般神圣的礼堂大厅金碧辉煌，雕花的穹顶足有好几层楼那么高，据说这是我们学校最古老荣耀的建筑之一，也是上千英亩校园中唯一一个不对所有人开放的地方。

而今天，每个人都穿着哈利·波特似的全套学士服，在这里争相道贺着，兴高采烈地合影着，处处鲜花簇拥，人潮涌动，每一个角落都充满嘈杂而亲密的谈笑，热烈非常。这是我有生以来第一次出席这种大型正式场合，不禁感觉叹为观止，应接不暇。

只见女孩们全部化着精致的妆容，脚踩着细细的高跟鞋，倾泻出学士帽下仿佛瀑布一般闪亮的金色或深棕色长发，笑容明媚，充满一种学院味道的迷人与性感。而男士们则个个气宇轩昂，踌躇满志，上演着阳刚和斯文的完美结合。

仪式正式开始时，先是奏美国国歌，然后奏校歌，然后是校长致辞——这是我自来美后第一次见到校长。他白发苍苍，极有气质，在回顾了我们学校悠久的历史和在全美公立大学中的声誉后，他说道：

“今天，你们有理由为自己骄傲，你们的家人有理由为你们骄傲，因为你们不仅学到了知识，还在这个过程中学到了与困难做斗争的本领。而这其中培养出的坚定和勇气都会在将来的人生中再次帮到你们，我希望那时的你们还能如同现在一般为自己的目标全力以赴——不要惧怕途中的坎坷和失败，如果你选择的是一条毫无障碍的路，很可能它也不会通向任何地方……最后我想告诉每个人的是，当你有激情有理想的时候不要迟疑，而是要像爱一个人就立刻告诉他一样付诸行动，生命只是时间中的一个停顿，一切意义都只在它发生的那一刻。不要等。否则你会忘了这种感觉，就像你从未有过它一样。”

——我不敢保证每一个字都和原话丝毫不差，但其中表达的感情绝对不会有错。那种热血沸腾我一辈子也忘不了。

我们是一个个念名字上去，然后由校长亲自颁发学位证书。那一天我真正见识到了美国人骨子里的自由和不羁，见识到了他们所谓的“形式主义”就是——没有形式。

有的人脸上贴着亮闪闪的碎钻就上去了，有的人跳着舞就上去了，还有一个秀美的女生，挺着已经明显隆起的腹部，脸上是一片只有当女人做了母亲之后才会有的那种理直气壮和熠熠生辉，自豪地从校长手里接过学位证，把全场掌声推向最高潮。但不管是谁上去，以何种方式上去，场下的人都跟芝加哥公牛队的铁杆粉丝们一样，恒久不变地狂热呐喊着，场面直逼 NBA 主场压哨进球。

我知道这其中的很多人都是从别的城市特意赶来的，只因毕业在美国人心目中是一件影响人生的大事，简直跟结婚差不多大，所以家人朋友都会尽数出席。

但由于我是一个人，所以当被叫到名字的时候只有我系里的老师和同学为我鼓掌，那一刻，我仰头望着高大得几乎让人眩晕的穹顶，无声地说："爷爷，你看着我。"明亮的灯光在我的眼前瞬间模糊，我站起来大踏步走上奖台。

校长见我情绪激动表情克制，还微笑着拥抱了我一下。当我道完谢转过身来面对所有人的时候，我看到宽阔的金色大厅里不管是认识还是不认识的人都在为我拼命鼓着掌，有的还吹起了嘹亮的口哨。在那一瞬间，我突然有了一秒钟的分神，想起一句老歌："我终于让千百双手在我眼前挥舞，我终于拥有了千百个热情的笑容……但我还是失去了你，当我的人生第一次感到光荣。"

爷爷，我想你了！我从来没有这么想念你。在四周如同潮水一般汹涌的掌声中我使劲咽着眼泪，此刻我只希望你在我身边，不，你其实就在我的身边。你一直都在。

…………

怀抱着巨大的学位证书，我踏上了毕业必走的"荣誉之路"

(Walk of Honor)——这是我们校园中最著名的一条路，每一块砖都是一个毕业生的名字，它们中最早的于 1898 年就被镌刻在此，之后的每一届都沿用这个方法，将当届毕业生的姓名记录在此，百年下来铺成了这条路。想起刚进校园时就对这条路的印象极深，而今自己的名字也将成为它的一部分，不由得百感交集。

宁静的蓝天下，阳光轻缓地舒展在空气中，好像一层薄薄的雾气，不紧不慢，宛如时光。望着这无数次因为压力当头而无心欣赏的校园，我突然有些恍惚起来——近一千个日日夜夜究竟是怎么过来的？站在这里，我只知道它未经察觉已经远离。

迎面走来的每个人都和你打招呼，祝贺你，有一个男孩儿甚至从车窗里探出半个身子来大喊恭喜。一片温情涌动中我不禁再次感叹梦想的力量，是她最初带我飞越大海重洋，又一步步走到今天；也是她让我无数次地在孤独的绝望中站直，坚信上天只会给我能过得去的坎儿。

我们说好，今天要认真地醉一次

终于完满毕业了，我们打算再次启程，从愈夜愈美丽的拉斯维加斯一直开到世界第一自然奇观的科罗拉多大峡谷，尽享人生第一次毫无负担的畅快之旅。

但在此之前，我们要和所有的中国同学一起做临别聚餐，算作辞行。

由于校园里的宿舍不能起火做饭，一个男生自告奋勇地邀大家把聚会开在他家里。他和另外两个男生一起在校外合租了一间大房子，左右邻里多是中国人，热闹非常。

那天晚上，我们齐聚一堂，除了订了好几份当地有名的中国餐馆里的大菜，每个人还都大显身手，一展厨艺。几年下来的留学生活，把这些从前在家“十指不沾阳春水”的少爷小姐全都变成了不消半小时就能端出好几个大菜的食神，而且手下都特别利索，这边切，那边洗，好几个灶同时开火，并行不悖。

到了开饭时间，客厅里，铺着洁净米色台布的大圆桌上，摆着刚刚端上来的各种佳肴：热气腾腾的水煮牛肉、大盘的蒜香排骨、又香又辣的鱼头烧豆腐、从中国城买来的油汪汪的樟茶鸭和荷叶软饼；素菜有蒜茸西兰花、西芹炒百合、麻婆豆腐、醋溜白菜、红烧茄子和松仁玉米；凉菜也十分丰富：麻辣的口水鸡、嫩滑的老醋蜇头、爽口的皮蛋豆腐，还有凉凉的山药糕……旁边还摆着一大瓷盆冒着热气和浓烈香气的菌菇汤。

借来的电视机上，连着电脑和两只拖着长线的话筒，此时此刻电脑里正放着一首歌——“别害怕现在的离别啊，微笑着挥挥手说再见吧，明天就等在下一个路口，再远的风景我们也能到达……就在启程的时刻，让我为你唱首歌，不知以后你能否再见到我；等到相遇的时刻，我们再唱这首歌，就像我们从未曾离别过……”

喧哗和掌声中，男生们开了一瓶瓶啤酒，女生们也一下子豪情万丈起来，几乎没有人去碰可乐和橙汁，大家全都举着盛满啤酒的杯子站起来，看着彼此，都有点儿激动。学生会主席责无旁贷地说第一句祝辞，只见他的目光在每一个人的脸上都停了一会儿，气氛一时间很有些庄严肃穆。接着，他举了一下杯，大声说：“为我们今天毕业，干杯！”

大大小小的玻璃杯从四面八方争相撞在一起，于一片欢呼中依然迸发出清脆强劲的声响。

“为了毕业！”

“为了我们在美国相识！”

“为了老杨终于被芝加哥的一公司收了，顺道儿也能找女朋友去了！哎，当初被无数个公司拒的时候，你们不知道，老杨都不行了，抱着脑袋就一句话：‘我不去芝加哥怎么跟她在一块儿啊，我想她啊！’啧，看着特心疼，现在终于好了……”

“去你大爷的徐海涛，你怎么什么都说啊！谁像你运气这么好，女朋友近得想见就见……不过真心祝所有弟兄们都赶紧和心爱的人团聚吧，真的，那才是一个活人该有的日子！”

“哈哈！你们赶紧四处安家啊，从此我在美国各地都有人了，咱在美国各大州都有地铺了！”

“说好了啊，不管将来在哪儿，谁要是忘了咱这群人，逮着了决不轻饶！”

“看我干吗？你别忘了就行！”

…………

所有的人都仰起脸一饮而尽，然后亮了杯底给大家看。之前同学们都说好了，今天要“认真地醉一次”。所以这第一杯都喝得又快又干脆，好像在表决心一样。

毕业之前的那段日子里，我们彼此之间见面的机会少了许多。所有人都拼尽全力地写论文、投简历，顶着烈日奔走在各个实习招聘点和公司面试会上。没课上了，每个人反而都忙得不可开交，那些不久前还打听哪个学妹最靓的心情，自驾旅行路上大把时间的奢侈……全都一瞬间消失得无影无踪。在现实面前，每个人都风花雪月不起来了。就连打电话时，话题也总围绕着面试的种种细节和近在咫尺的去向。

但今天似乎有所不同。

一群年轻人的失声痛哭

大家绝口不提将来的事，所有人都好像心有灵犀般，不约而同地珍视起眼前这一刻。就连平日里闹过小矛盾的女生此时此刻也挽着手坐在一起，依依不舍地说个没完。不同的个性、爱好和生活习惯让我们之间难免有磕磕绊绊，但是共同的缘分把我们拴在了一起，我们的生命在地球那边原本天南海北各不相干，却在这遥远的大洋彼岸交汇出了最耀眼的一段光芒。朝夕相处的两年过后，同住的女孩们不仅连语言和表达习惯都渐渐相似，就连生理周期也都保持惊人的高度一致，再也分不清你的我的。

想家了，谁陪着你遥望异国的天边听你讲小时候的故事；要考试了，谁陪着你挑灯夜战，狂猜重点，共同拥有在一夜之间看完一个学期的书的经历；馋得两眼冒蓝光时，是谁把从国内探亲带回来的好吃的全都慷慨地分给你吃；而在一次次面试被拒心灰意冷之时，又是谁不断给你打气提醒你有多优秀，直到你在他（她）带有明显主观偏爱的表扬声中重整旗鼓……半夜一个人出机场多孤单哪！于是不管你的飞机是凌晨几点落地，总有一个睡眼惺忪的哥们儿在海关外等着帮你提箱子，即使第二天一早考试也在所不惜。甜蜜恋人要结婚的当天下午，所有中国的留学生翘课的翘课、翘班的翘班，浩浩荡荡得让一开门的牧师都吓了一大跳，只为了让这对远离亲人的情人在这个特殊的日子里多一点祝福和温暖……不禁有些恍惚，这些人是谁呢？是唯一不需要我解释，就能深深明白我眼泪的人，是在广阔天空下陌生的地方，和我说着共同母语的人，是在那些一同惊艳过年轻眼睛的风景里，虽然我拙于言传，却仍可欣然意会的人……这才明白，他们原来就是我的乡愁，他们承担着我共同的命运。

如今一瓢浊酒尽余欢，明天转眼就要各奔东西、各自为战。要离别了才知道我们是一体的，你的挣扎我深有体会，你的忧虑我感同身受。这，或许就是陪伴的力量。

男生们大喊无醉无归，于是，一排排空啤酒瓶被码了起来，就连本不能喝的我也于觥筹交错间顿生豪情，对劝酒之人来者不拒。喝到最后只觉一股股热流下肚，又很快涌上脸颊，瞬间有一种要打破某种禁忌似的畅快感。菜香弥漫，和气融融，一行男生又开始挽着袖子，手握麦克风，声嘶力竭地给大家助兴。掌声、歌声、欢呼声、口哨声，把中途进来还书的学弟都深深震慑了，还完了书还磨蹭着不走，一步三回头，好像被我们的气氛感染了一样地傻笑着，一脸新鲜的感动。

我替他关门的时候听见他对同来的人说：“你看人家没有课了！”语调中充满由衷的羡慕。然而，我却能强烈地感受到，在这欢声笑语下掩盖着的、即将分别的气息。这股气息在我们中间弥漫着，淡淡的，却如此有力量，以致再欢乐的场面也只能在表面上淡化它，而无法让它消失。

酒过三巡，每个人都放下平日里的矜持，尤其是女生，一点儿小事也能抱在一起笑得山摇地动，但我却觉得哭的气氛越来越浓，似乎每个人都借着夸张的笑声来掩盖心底的痛哭。

这些人，有的即将为了一直分隔两地的女友毅然回国，有的因为无法维持长时间的远距离恋爱而无奈分手，有的留在此处继续申请奖学金读更高的学位，有的马上就要孤身前往另一个陌生城市闯荡。他们就是人们口中的游子——离家万里，四海漂泊，怀揣着的只是一个滚烫的梦想和决心。然而，这个梦想离他们有时近、有时远，有时甚至会让他们怀疑一路以来的坚持是否值得，或在暗夜中迷惑于看不见的未来……但当第二天太阳升起的时候，他们却又和昨日一样地拼搏不息了，仿佛从未犹疑，仿佛坚定如初。

看似柔弱的女孩们也一样。初来乍到的她们自己找房子，装网络，拼家具，续合同，自己联系银行、学校、医疗、交通……当许多同年龄的女孩还可以在家人面前撒娇的时候，她们已经在这个环境陌生甚至语言陌生的地方习惯了隐忍，习惯了独立，习惯了坚忍而成熟。但当高烧不退、一个人昏昏沉沉地躺在小屋里不分昼夜的时候，她们也想那个在家为自己煲汤的妈妈，亲自开车带自己去医院的爸爸，还有心疼地拥着自己打点滴的那个他。

我知道有的女生都不让男朋友在睡觉时关掉视频，因为那样就可以一直看着他，看着他熟睡、偶尔翻身，于是在屏幕这边微笑、流泪，就好像自己是一个被他藏在房间里的娃娃，正偷偷地望着和他有关的一切……一股心酸不禁涌上来，爱是什么呢？当你们在一起的时候，它是欢乐，而当你们分离的时候，它是辗转，是梦，是泪，是相思吐黄！

此时的每个人都酒意渐浓，我面前的两个女生正手握话筒，全情投入地为大家唱着五月天的歌，她俩刚好都在毕业前失恋了，却并不顾影自怜，反而一直洒脱地长歌痛饮。突然一个人高音唱劈了，两个人都笑得前仰后合。然而在狂笑的下一秒钟一对视，便抱头痛哭。

在她们旁边，一个来自江西的女孩正趴在同宿舍朋友的肩上，一改往日的温婉安宁，表情扭曲，哭到气噎："我不想离开美国，我爱这个地方"。她发狠地捏着拳头，像宣誓般地说："我会留下来。我一定会好的，我会拿到绿卡，把妈妈接来，让她过最好的生活。"

男生们这时大多也都沉默了，这些知道怎么把女孩逗笑却不知如何让她们不哭的大男孩儿们此时显得手足无措，只能一边递纸巾一边叨叨地念着："嘿，别哭了……革命生涯常分手啊！"但是一点儿用都没有，到最后几乎所有的女生都悲从中来、泪流满面。

我望着这些女孩儿，她们穿着牛仔短裤，露着光滑颀长的大腿，享受着美，不知道害怕和防备。在外人看来，她们是那么年轻、自信、有无限希望，可这是怎么了？为什么每一个人都哭得那么真、那么痛？相信这种感觉，每一个在异乡漂泊过、迷茫过、深爱过的人都曾经体会！

有人说，我们这些留过学的人总好念叨那些留学的日子，但不是因为别的，只是因为我们最好的年华是在留学中度过的。有谁会忘记自己十八九岁、二十出头的时候呢？谁会忘记那些胸中充满着激情，想要拥抱全世界的日子呢？又有谁会不记得在异乡连个床架子都没有，只睡在一张破床垫上也依然对人生和爱情都满怀着憧憬的时候呢？于是，就算前方还有漫漫长路，就算半夜惊醒在一片心悸中都不知身在何处，就算都曾孤单地站在那些第一眼就想到他或者她的美景里尽是惆怅，我们还是无法在这个即将转身离去的路口，一笔抹去对这段岁月深深的依恋！因为是它，记载着我们最光芒万丈的青春，记载着我们曾经是怎样无怨无悔地，把它毫无保留地献给了这片陌生的土地。

虽然我们事先绝对说好，今夜“只尽余欢，不诉离情”。但这怎么可能呢？这本是一场告别的仪式啊！和那个永远回不来的自己告别，和那段风尘仆仆却满怀痴情的岁月告别，除了神圣而滚烫的眼泪，我想不出更好的方式。

现在回想起来，我们情之所至的宣泄一定妨碍了隔壁房间休息的人们，但是没有一个人提出抗议。最终出来的时候，我发现楼道里已有很多人都在望着我们，经过拐角的时候我清楚地听见有人小声地说："这就是今天毕业的那帮孩子。"多年以后，我还记得他语气中的宽容、理解和感慨。是啊，因为我们毕业，所以再疯狂的举动也有人理解，因为毕业，今天我们可以不矜持，不成熟，不克制，这是我们最后一个放纵的理由。

爱在心底，不会不辞而别。

异乡温柔的夜幕下，伴随着一群年轻人的失声痛哭，一个时代终结了。

…………

临行前是无比混乱，我要把家具全部处理掉，轻装开拔。那些天，要不是请了好多同学帮我一起搬，我还真不知道这些年来我的房间里居然积攒下了这么多的电器、衣服、生活用品、家具、瓶瓶罐罐，收拾出好几个大旅行箱，指挥大家帮我往楼下运，再开车放到朋友家，有时一天十几个小时下来已是衣衫不整、双膝发软，连洗澡都要拼着最后一丝力气才能站稳。

终于要出发了！那一天，盛夏七月的空气澄清，阳光正好，映得校园里的湖面上一片碎金。崭新的SUV就在楼下，喇叭声浑厚，它已经催了我好几遍了。

然而站在门外，我的手里握着门柄，却迟迟狠不下心来撞锁转身，而只是一遍又一遍地环视着眼前的宿舍——它又和我刚见到它的那天夜里一样光秃秃的了，但我对它的感情却早已完全不同了！

依稀想起许多场景：第一夜因为缺氧而险些闷死在这间小屋里；整个人腾空砸在大理石地面上差点儿没摔碎了；想家了就窝在桌子和墙壁的夹角里给国内拨电话，却从来只说过得有多好；而更多的时候是成百上千次顶着如山的压力夜不能寐，任凭眼泪在一片黑暗中塞满两个耳朵……不禁有些恍惚，究竟是什么让我像此时此刻这般难以离去呢，扪心自问，这不是我此前生命中所经历的最困惑、最焦虑、最充斥着绝望和挑战的时候吗？为什么当时让我痛苦不堪的往事现在回忆起来却那么温存而珍贵呢？

于是自此深信，生命中任何一场曾淋得你撕心裂肺仓惶想逃的雨，终会在之后的某一天里变得云淡风轻，甚至让你在渐行渐远中怀恋不已。只因没有人比你更清楚，那是怎样一个失去了信心与力量，再重新把它们找回来的过程，又是怎样一种看到了希望与梦想幻灭，再让它们重新燃烧起来的勇气。

…………

没想到学校会突然主动联系我。那时已是临近开学了，一天我忽然收到系里邮件，通知我论文发表，着实让还在自驾途中的我又惊又喜，因为论文刚一写完就有教授愿意继续你的研究并要把你列为第二作者是很高的荣誉。

连忙打电话回系里咨询，接电话的女孩并不纯熟的英文让我有点儿意外，她告诉我教授不在，但可以替我转告。交谈过程中有一句话她用错了人称，竟脱口用中文说了声“不是”，然后马上改口用英文纠正过来了，她还在局促而絮絮地说着……我的眼睛却突然湿润了，那个瞬间我仿佛看见了自己，看见了那个飓风刚过、汗流浃背的夏天，深夜在休斯顿机场里四顾茫然，最孤独和彷徨的那个女孩，就是二十二岁的我吗？

亲爱的学妹，我不问你的名字，你的名字就是我。

每一道彩虹，都由暴雨来成全

终于抵达了欲望都市拉斯维加斯。

此时正值午夜深沉，但闷热灼烫的空气中依然充满了嘈杂的人声和汽车的轰鸣之音，上千万种霓虹灯流光溢彩，争奇斗艳，彻底照亮了大漠上方本该漆黑的夜空，一刻不停地刺激着人们的感官。在这里，我亲眼见到了比纽约还浮华煽情的夜景，老城区耗资 6000 多万美金落成的穹顶声光秀横贯四个街区，能生成 65000 多种变化，在四周一片五光十色的建筑中也依然鹤立鸡群，让人眼花缭乱，不禁深深折服于设计者超群的想象力。

而百乐宫酒店门前注有 2000 万吨清水的巨大音乐喷泉也是最具特色的景观之一，每当优美的乐声奏起，一排擎天的水柱便像声阶一般，随着音乐的节拍而高低起伏，错落有致，令围观者都纷纷陶醉在这一片天籁之音和四周扬起的清凉水雾中。

众所周知，拉斯维加斯还以复制世界其他地方的著名建筑而名声大噪，一路上能看到逼真的埃菲尔铁塔和凯旋门，宫殿一般的贝拉吉奥和古罗马街道，还有仿佛令你置身于意大利威尼斯水乡的“威尼斯人酒店”——作为全球投资最庞大的酒店之一，这里的一切都让你如临幻境，每隔二十分钟就变换一次的人造天空以假乱真，充满南欧风情的人工运河里不时有“刚朵拉”（独木舟）飘然驶过，船夫哼着优美的调子带你悠闲畅游，但当然，所有的出口都只通向一个地方——金碧辉煌的赌场大门。

这里是24小时昼夜奢华的迷宫，随处可听到机器沉闷的运转声、香槟的启瓶声和金币叮叮咣咣的散落声。目之所及，成千上万的“二十一点”赌桌被围得水泄不通，成千上万只骰子牵动着人心在旋转……在这里，你可以随处听到几分钟内就成为百万富翁的传奇故事，也可以听到一夜之间失去所有，顺便就从赌场顶层一跃而下的悲惨遭遇。

这儿还是美国境内少有的色情行业合法化的城市，一路上我被人塞了无数裸女照片，低头一看，个个丰润光亮，充满魅惑，再加上满街昼伏夜出的飞莺流转，使得夜幕下的拉斯维加斯就像一部声色犬马的艳情片。

奇怪的是，这里所有的一切都是人造的、用金钱堆砌出来的，却如此理直气壮——对了，就是让你恨自己钱少。在此地，所有人的欲望都被不顾一切地激起，恨不得自己是新加坡的富豪、阿拉伯的王子。

我们住在33层的豪华酒店，俯瞰这世界顶级娱乐之都的夜景，甚至能看到沙漠边缘。

拉斯维加斯，你真是红尘滚滚，不同凡响。瞬息万变的霓虹灯下啊，这大漠中的华厦不知曾惊艳过多少双眼睛，安抚过多少个身体，又震撼或打击过多少颗心灵，然后依然被人向往，被人追逐，前赴后继。

但不知道为什么，我心中更向往的是下一站的科罗拉多大峡谷，也许旅行的意义在这时开始真正显现，大都市的繁华和文明是我早先的功课和赞叹，而现在，朴实无华的自然奇观才是能牢牢抓住我的大感动。

穿过1935年建成的、美国近代最伟大人类工程之一——胡佛水坝（Hoover Dam），我们来到了世界第一自然奇观科罗拉多大峡谷。

美国总统罗斯福曾经说过："大峡谷使我充满了敬畏，它无可比拟，无法形容，在这辽阔的世界上，它绝无仅有。"美国作家约翰·缪尔也在1890年游历完大峡谷后充满激情地写道："不管你曾经走过多少路，看过多少名山大川，你都会觉得大峡谷仿佛只能存在于另一个世界、另一个星球上。"

相信他们——这世界上有些地方，一辈子是应该要亲自去一次的。虽然现在看别人拍的图片甚至录像都十分方便了，但怎么都敌不过自己亲身感受时的那种震撼。

直升机在高原纯净的空气中发出尖啸，强劲的风吹着女孩们的长发和裙摆，使她们在阳光中的剪影看起来纯真而狂野。我们和另外四名欧洲游客刚戴上耳机、扣好安全带，直升机便在一阵轰鸣声中直线腾空了——现在它将带着我们由南向北横穿整个科罗拉多大峡谷，俯瞰地球上这道美丽的伤痕。

阳光照耀在一望无际的、深红或蓝紫色的巨岩断层上，静谧而庄严。干燥的空气中早已寻不到亿万年前曾是汪洋大海的一丝踪迹，目之所及都是无穷无尽的峰峦叠嶂，有些裸露的断面竟像刀切的一样整齐。数不清的古老或年轻的岩层默默无言，却在这里共同记载着北美大陆早期的全部地质历史，是一部真正的“活的地质教科书”。

这里最中心的地方就是地核，想当初整个宇宙开始于一次爆裂、所有生命起因于一场不顾一切的毁灭的时候，就是从这热渴、窒闷和极度不安的地核中，如霹雳般迸发溅射出那囚禁了千亿年的渴望。而现在，虽然它已消退了最初的激情和力量，却依然保留着原始的浩瀚和蛮荒，而这里的每一颗石子、每一道沟壑、每一丝峡谷里穿梭的劲风，都仍有关于这个星球诞生伊始的秘密。

直升机行至一半，平坦的高原突然极幅下陷，那一瞬间，出现在所有人眼前的，是 3D 现实版的天崩地裂。近距离俯瞰劈开地球的科罗拉多大峡谷，深邃而蜿蜒，所谓人类的悲欢，时间的流逝，在这道鸿沟面前似乎也只能归于一粒沙尘。

从空中回到地面，每一个人都怀着几乎要窒息般的敬畏和震撼，深深叹服于大自然无可匹敌的魔力与魅力。而当驱车赶往东面峡谷的时候，出现在眼前的又是完全不同的另一番景象：一路上巨大的蕨类植物和仙人掌散立道边，狰狞而扭曲，干得好像人参一样的不知名的硕大植物纹理毕现，在令人眩晕的强日照下顶着一头白发，枯干得好似一碰就碎。

然而就在这时，晴朗的天空忽然阴云密布，大雨突至，这大漠中的骤雨彻底将我震撼了，丝毫不逊于我刚到美国逃难时的规模。那样狂暴地倾泻而出，所有的植物都被打得东倒西歪，却又是那么快乐着地接受着这久违的甘露。干渴的沙漠终于被滋润了，雨过天晴的亚利桑那州又变得温柔了。

沿着高原飞驰，终于来到群山之巅。这大雨过后的晴天，宽阔而耀眼，天边发亮的云朵好似还凝着水珠，低低地仿佛触手可及。大喊一声，山鸣谷应，看着巨大的彩虹悬挂天边，想着自己这一路走来——是不是每一道彩虹都要有暴雨成全，正如同每一个黎明都要有夜的成全，往回看每兜的一个圈、每一条迂回的曲线，都是为了拥有这一刻而必须预留的伏线。

北京，是我永恒的故乡，是我呱呱坠地的地方，有我最好的童年和少年，而美国，是我当之无愧的第二故乡，在我求知欲最强、好奇心最重、心最开放、精力最旺盛的时候来到这里，学习、生活、奋斗、游历。我最美的爱恋在这里，最大的荣耀在这里，最深的感触也在这里。是她把我的生命变得开阔，心中的风景从此完全不同。

我曾经希望这样说，而现在我相信我可以由衷地这样说：美利坚，谢谢你。你给予我的，远比你拿走的多。

这一路走来，我依赖着家人和爱人的疼爱，也依靠陌生人的善意。曾在我高烧发冷时给我买过一条厚毛毯的美国先生、飞机上把外套脱下来盖在我光腿上的金发男孩、第一面就被我抱住痛哭的法国女孩莉莉、素昧平生却带着我逃离飓风中心的美国男生、在我最无助时耐心倾听并帮助过我的杜恩教授……上帝不断派来天使进驻到我的生命中。他们虽然说着不同的语言，但在我听来都如同天籁。

爱，就是我奋斗的源泉，对于我穿越如潮人海、千山万水所追寻着的一切，相信爱是唯一的指引。如果必须经历这半个地球才能够遇到你们，我就感谢天使的翅膀！一切就全都值得。错过了我曾遇见的任何一个人，我都不可能是今天的我。

为此深深感激所有和我一路同行过的人，无论你们现在在这世界的哪一个角落，也无论你们是否还记得，有一个女孩都永远难忘，因为是你们经意或不经意间的温情，曾让她一路上所有的荆棘都化为怒放的花朵！

长路漂泊的人们，且行且珍惜

此时的晚霞已于不知不觉间消逝在天际，深沉的夜幕开始降临了，但我仍不忍离去，曾经一个晚上没交给功课都会负疚满满的我们，现在却拥有一整个温柔无忧的长夜，这种感觉真是奇特而奢侈。他从车里给我拿了一件外套，看腻了大都市浑浊夜空的我们今夜就要在这万山之巅，好好欣赏一下如同远古一般纯净的苍穹。

晴朗的夜空吸收了空气中的每一丝热量，风凉彻骨，星星一颗一颗地探出头，好像一片亮晶晶的碎钻撒在深蓝色的天鹅绒布上，无垠而灿烂。这亘古不变的星群啊！看尽了白垩纪的大灭纪，看着冰川的来了又回，如今又俯视着人世的沧桑，和千山万径。

一切是那么安静，世间的一切都止息了。仿佛连白日里奔腾的科罗拉多河都在此刻静止了，然而，只有看不见的时间永不停歇，争分夺秒地带走我们的一切。有时我似乎能看见时间的残酷和骄傲，仿佛靠汲取着每一个人的青春，才能得以繁华和永恒，它君临一切，无所不能。天地之间只剩下时间的流淌之声。

他们说生命就是周而复始——但昙花不是，流水不是，心中的激情不是，美丽的容颜不是，而少年在一分一秒的绽放与流动中，也从来不是。

它无情吗？也许是的，但是否想过，其实它也许只是想教会我们一件事：珍惜。

在这时空交错的夜幕下，人太渺小了，真正永恒的是岁月——对于故乡来说，我是一个漂泊的孩子，然而对于这浩渺无涯的岁月来说，我们都是漂泊在岁月里的人啊！

在这一路漂泊的过程中相信你我一样，都曾不由自主地动了真情，但是，真正需要我们自主学会的是珍惜——不光珍惜享受，也珍惜吃苦；不光珍惜坦途，也珍惜坎坷；不光珍惜花开肆意，也珍惜落英缤纷。如果说一切前者是阳光，那么后者就是养分，但无论怎样，它们都是成长不可或缺的部分，是生命沿途的馈赠和礼物。

是不是时光它永远立于不败之地，而我们只能不断前来、然后退下；然而，是不是也正因为如此，长路漂泊的人们，我们才更要且行且珍惜！即使在这漫漫旅途中曾痛到流泪，也不要丧失知觉。保持柔软。如果你变得坚硬、封闭、粗糙，对痛苦的抵抗力强了，对幸福美好的感知力也同样降低了。

浩瀚璀璨的夜空啊，两个年轻人在膜拜你。在他们身后，是美国中西部万籁俱寂的群山和深谷。

他亲了下我的头发，眼睛中满是星光温存，这一瞬，再无情的时光也乍现了温柔的一刻，至少回忆中的这一晚，我们永远都是年轻的模样。

你看，星星都已经到齐了。

后记
青春是我们共同的名字

写这本书之前，我曾有过一段很长的徘徊的日子。

这么多年离家在外，生活和漂泊给了我太多感触，美好的、痛楚的、狂欢的、失落的，这些感觉与我不断遇到的人、经历的事、走过的地方融合在一起，随着时光荏苒而在我心中越积越满，我甚至时常能感到它们冲撞着我，燃烧着我，让我在人生中一些特定的感性时刻——比如灯火辉煌的异国夜晚、天涯旅途中的恍惚刹那，或是午夜梦回之时，真有冲动将其付诸笔端，一吐为快。

然而让我痛苦的是，很长一段时间里我始终止步于这个念头前，而不知该如何去写，因为我知道，一本书需要浑然一体的美感与和谐，需要一个深刻有力的灵魂来贯穿，而我所有的，都还只是一些零散的片段和镜头。

直到有一天，我无意中在一本旧杂志上看到陈凯歌写的一篇文章，大意是说他们几个当年的云南知青，在子女成人、年过半百的时候，打算结伴回当年插队的地方看看，缅怀一下过去。到了以后，终于凭着记忆找到了自己当年曾住过的竹楼、开垦过的林地，还有那亲手种下的橡胶树。终年不散的云雾中，他们在兵团驻扎过的芭蕉林里漫步着，轻轻地说着话，克制着自己激动的情绪，突然，一个人一言不发地猛然间向前跑了起来，跑得那么快、那么急，但其余的人都没有追赶，因为他们明白，他哭了。一个五十几岁的老爷们儿咧嘴大哭起来是不想让人看见的。

这让我想起了大学时曾读过的《血色黄昏》，作者老鬼在内蒙古插队时经历了那么多几乎可以称得上是“惨烈”的折磨，但在八年后终于得以返城的前夕，却在几近疯狂的醉酒和眼泪中明白了自己心底对这个地方的留恋。对于这个差点儿把他整死、痛苦死的老对头，此时仍舍不得对它来个彻底否定。

这是为什么？

我不禁想起了我来美国前，那个一场接着一场离别的夏天，大学的同窗好友一夕而散；留下我独自面对大洋彼岸完全未知的前方；而我将近四年的苦恋也在那同一个撕心裂肺的夏天画上了句号，随风而逝。可是，现在我每每想起那段日子的时候，我发现我仍有留恋。为什么？

在美国的时候，无数次经历了孤独、迷茫、压力、夜不能寐甚至信心的破灭，但在最终毕业离开时却那样依依不舍，难以离去……扪心自问，我究竟在眷恋着什么呢？这不是我此前生命中所经历的最困惑、最焦虑、最充斥着绝望和挑战的时候吗？

静静地想着这些，我终于明白了，不管这些岁月有多苦、有多难，它都与你最美好的青春相连，与你最纯真的那段生命相连，这就是无论它把你折腾成什么样，你都纪念它，并且永远无法否定它的原因！有谁能忘记自己十八九岁、二十出头的时候呢？又有谁会不记得在遥远的异乡一穷二白、只有自己影子做伴却也依然对人生和爱情都满怀着憧憬的时候呢？那是一段永远回不来的岁月，一个永远回不来的你。一个风尘仆仆却满怀痴情的你。

忘了谁说过，没有一代人的青春是容易的，虽然经历各不相同，但那其中的苦涩和迷惘代代相通。虽然我们没当过“知青”，没经历过上山下乡，但我们都曾共同经历过一件事情，那就是——青春！然而我们比他们幸运的是，他们是被历史的浪潮抛到了远方，而我们远行则是为了心中的那些年轻的梦想。

至此，我想我终于可以下笔了，因为我已找到了那一个灵魂。而且那是一个不灭的灵魂。

——献给青春，献给梦想，献给那些曾在青春梦想中熠熠生辉的远方。

还有所有在路上和即将启程的你们。